Fräulein Emelie
und
ihre mopsigen Schmunzelgeschichten

Renate Wiebke

Fräulein Emelie
und
ihre mopsigen Schmunzelgeschichten

Bibliografische Information der Deutschen Nationalbibliothek
Die Deutsche Nationalbibliothek verzeichnet diese Publikation in der Deutschen Nationalbibliografie; detaillierte bibliografische Daten sind im Internet über http://dnb.dnb.de abrufbar.

© 2014 Renate Wiebke
Satz, Umschlaggestaltung, Herstellung und Verlag: BoD – Books on Demand
ISBN 978-3-7357-5503-2

Inhalt

Vorwort: Wie das Frauchen auf den Hund kam	7
Hilfe, ich werde entführt	11
Bei der Tierärztin	14
Mops und Frauchen gewöhnen sich an alles	15
Neugierige Besucher	15
Frühreifes Mädchen	18
Ich werde entfraut – September 2007	20
Fit wie ein Turnschuh	24
Beschwörende Gesten	24
Auf großer Reise	27
Springinsfeld oder Flegeljahre	30
Hundebesuch Dezember 2007	32
Fürchterliche Zotteltiere ab Januar 2008	34
Autofahrerglück	35
Cuxhaven 2008	37
Ausflug in die Lüneburger Heide	45
Es weihnachtet sehr!	47
Klettermops Winter 2008/2009	49
Lernfähig	50
Treppeneroberer Frühjahr 2009	51
Striptease	52
Wassergeschichten	52
Schlaues Mopsmädchen	53
Staubsauger	54
Schöne Bescherung	55
Matsche	56
Ich übe	60
Cuxhaven 2009	61
Überraschung Bergen 2009	64
Winter – ade	66

Cuxhaven 2010	68
Heulboje	77
Der Beweis	78
Hurra! Schnee! Schnee … Schnee … oh weh!	81
Frosch begegnet Frosch	85
Cuxhaven-Döse 2011	
Verwunderliche Wesen	91
Alle Jahre wieder Silvester 2011/12	93
Mopsi-di, Mopsi-da	94
Akrobatische Übung	97
Emelie hinter Gittern	98
Cuxhaven-Döse 2012	
Blinkis	107
Aufs Glatteis geführt März 2013	108
Wissbegierde	110
Cuxhaven-Döse 2013	114
Spaßiges	119
Was man so über mich sagt	123
Schlusswort	**125**

Vorwort

Wie das Frauchen auf den Hund kam
und Fräulein Emelie zu ihrem Namen

Es ist nicht meine Art, vormittags an den Computer zu gehen. Irgendetwas treibt mich. Ich gehe ins Internet und gebe den Tierschutzhof hier in der Nähe ein. Traurige große Hunde schauen mir auf Bildern entgegen. Nein! Keinen großen Hund.

Wieder zwingt mich etwas. Ich suche Tierzucht »Mops« und klicke die richtige Seite an.

Mein Wunschtier »Mops Dame beige« gestern ins Internet gestellt! Und dann auch noch hier in der Nähe, etwa 130 Kilometer entfernt. Schnell die Telefonnummer notieren! Soll ich, soll ich nicht?

Ich telefoniere mit meiner Tante in Hamburg.

»Mach das! Du wolltest doch schon immer einen Mops. Ist das nicht ein Fingerzeig.«

Mein Mann ist vor sechs Tagen an Leukämie gestorben, nicht mehr behandelbar. Die Diagnose bekamen wir vor zwei Monaten.

Und ein paar Tage vor seinem Tod hat er mich noch aufgezogen:

»Du kaufst dir dann sicher einen Mops.«

Gut, ich entschließe mich.

Lasse das Telefon der Züchterin heiß laufen. Immer ist nur der Anrufbeantworter dran.

Wahrscheinlich rede ich ziemlich konfuses Zeug aufs Band.

Gegen 21.00 Uhr nimmt endlich jemand ab.

Erleichterung!

Die junge Mopsdame ist noch nicht vergeben.

Ich habe keinen blassen Schimmer von Tierhaltung, hatte selber noch nie ein Tier.

Kenne nur die komplizierte Katze meiner Mutter. Katzenhaare und Katzenklo in meinem Haus, nein danke! Dann lieber früh aufstehen.

Eigentlich bin ich eine Langschläferin. Aber jetzt ist das so eine Sache. Mein Schlaf wurde geraubt.

Nach eingehendem Gespräch mit der Züchterin mache ich das Geschäft fest. Am nächsten Tag überweise ich sofort die Anzahlung. Bloß nicht noch einmal darüber nachdenken. Und wenn es eine Betrügerin ist? Nun, dann ist das Geld eben weg. Die nächste Nacht wieder ziemlich schlaflos, bin drauf und dran, alles wieder rückgängig zu machen. Aber bei Tage sieht wieder alles anders aus. Ich werde mich in das Abenteuer stürzen.

Der Name Glenn gefällt mir gar nicht. Spontan fallen mir zwei Namen ein. Mopsfidel, also Fidella mit Betonung auf der ersten Silbe. Hm! Assoziation mit Fidel Castro! Doch nicht so gut.

Dann eben Emelie.

Das ist es.

Ich will keinem etwas von meiner Verrücktheit erzählen.

Es kommt alles anders.

Nach der Beerdigung sind die meisten Trauergäste mit dem Auto wieder abgefahren. Ich warte mit den vier Übernachtungsgästen auf Telefonanrufe, dass alle gut angekommen sind, stelle das Telefon auf Mithören. Anrufe gehen ein, nur einer fehlt noch.

Endlich, es bimmelt.

In Erwartung, dass es meine Kusine aus Hamburg ist, stelle ich auf Mithören.

Es ist die Züchterin. Sie teilt mir mit, dass der schwarze Mops hier ganz in die Nähe kommen wird.

Die vier Gäste starren mich sprachlos und ungläubig an. Dann bricht der Tumult los.

»Was? Du einen Hund? Einen Mops. Wie bist du denn daran gekommen?«

»Georg hat ihn mir geschickt. Ich glaube ganz fest daran.«

In das Gefühlschaos und Geschnatter bimmelt der Anruf meiner Kusine. Ein Sprachgewirr schallt ihr entgegen. Es wird ziemlich mopsig und in Hamburg fühlt man sich etwas vergackeiert.

Ich kläre das am nächsten Tag mit ihr. Die Nachricht verbreitet sich schnell unter den Verwandten und löst wahre Begeisterungsstürme aus.
Ein Mops! – Wie süß! – Wie niedlich!
Apropos Stürme, die Übernachtungsgäste schaffen es noch, rechtzeitig mit dem Zug nach Hause zu kommen, bevor in ganz Deutschland die Bahn stillgelegt wird. Auch die Autofahrerin kämpft sich mit Mühe bei Sturm und Regen auf der Autobahn Richtung Sauerland durch.

Ich informiere mich in den Fachgeschäften über Grundausstattung für einen jungen Hund.

Als Erstes erstehe ich ein schlaues Buch. Ich kann es inzwischen fast auswendig.

Dann wird es ernst.

Der Abholtermin rückt immer näher. Ich verzichte auf eine vorherige Besichtigung. Wie schon gesagt, werde ich mich in das Unbekannte stürzen.

Die Grundausstattung steht nun seit einer Woche in meinem Haus. Zweihundert Quadratmeter Haus werden doch groß genug sein. In der Küche richte ich den Platz für die blaue Plastikwanne ein, passend zu den Möbelauflagen.

Die Verkäuferin kriegt sich nicht ein, weil ich passend farbliche Kuschelkissen suche.

Wasser- und Futternapf kommen vor die Heizung in der Küche. Der blaugraue Transportkorb soll vorläufig ins Wohnzimmer. Spielzeug liegt bereit: ein Kauknochen und ein geknotetes Tau, ein kleiner Quietschbär (den Quietschball kann man zum Glück entfernen).

Und natürlich Leckerlis zur Belohnung. Eine Tüte Trockenfutter gibt es gratis in der Tierhandlung.

Ich verlasse mich voll auf die nette Beratung.

Frost ist angesagt. Wir haben noch fast Frühling im Januar. Meine Geranien blühen immer noch.

Ich ziehe los, Kaninchendraht kaufen. Zehn Meter sind etwas zu wenig.

Die hochgiftigen Eiben sind dicker, als ich dachte. Drei sind nun noch nicht eingezäunt.

Hoffentlich knabbert Emelie nicht daran herum.

Im hinteren Garten stelle ich ein Holzzaunelement vor die Lücke. So klein wird sie nicht sein, dass sie dort entwischen kann.

Der Garten ist also hundesicher, fast.

Jetzt noch die Wohnung! Den Bereich zur Holztreppe mit den offenen Treppenstufen versperre ich mit rollbaren Plastikcontainern. Hängepflanzen binde ich hoch.

Und das Weitere werde ich dann sehen.

Wohlgemeinte Ratschläge über junge Hunde nehme ich gerne entgegen.

Einen tickenden Wecker unter die Hundedecke, damit sie sich nicht so alleine fühlt. Das hört sich gut an!

Aber das große und kleine Geschäft sofort draußen erledigen lassen? Nachts paar Mal raus. Mich schauert's. Wo ist der kürzeste Weg? Unser Haus war vor 13 Jahren ein Flachdachbungalow, der dann aufgestockt und vor 12 Jahren fertiggestellt wurde. Also ein großflächiges Terrain. Ich denke, durch die Terrassentür und links hinter der Mauer soll das Hunde-WC sein.

Als ich diese Woche zur Kernspin in der Röhre liege, mich nicht rühren soll, lenke ich mich mit Emelie ab und setze noch einen drauf.

»Fräulein Emelie«.

Das ist es. So soll sie endgültig heißen.

Ein verrücktes Frauchen und ein drolliges Fräulein.

Und was ist sonst zu bedenken. Ach ja, eine Hundehaftpflichtversicherung. Ich rufe beim Vertreter an. Sie wollen den Antrag vorbeibringen. Dann die Frage: »Das ist doch wohl kein Kampfhund?«

Ich pruste los vor Vergnügen.

Mein Mops ein Kampfhund.

Es friert heftig. Am Wochenende kommen Schnee, Schneematsch und Glätte. Abholtermin eigentlich am letzten Januarwochenende. Das ist mir zu unsicher wegen des Wetters. Ich vereinbare Montag, da soll wieder Frühling sein.

Hilfe, ich werde entführt

Montag, 29. Januar 2007, kommt da so gegen Mittag eine fremde Frau zu mir nach Hause und tut ganz freundlich.

Ich zeige ihr die kalte Schulter und tobe lieber mit Mama und Papa herum. Soll sie doch guckiducki mit meinen beiden Geschwistern machen.

Und dann schlägt sich mein Papa auch noch auf ihre Seite, setzt sich ganz dicht an sie ran und lässt sich tüchtig kraulen. Das kann ja heiter werden!

Unsere Ziehmutter und die Blonde reden und tun furchtbar wichtig, schieben Papiere und Geldscheine hin und her.

O wei, und dann werde ich in eine nagelneue Box in einem großen Auto verstaut. Alles riecht so fremd. Ziehmama Gessinger gibt mir wenigstens noch mein Plüschtierchen mit.

Wo bleiben nur Papa und Mama?

Die fremde Frau fährt einfach weg mit mir.

Ich werde mich rächen und stimme ein Weinen in allen Tonlagen an. Nützt nichts! Sie fährt weiter und weiter, Landstraße, Autobahn.

Ich werde langsam müde und schlafe eine Runde, bis wir in Lohne sind.

Das ist die Stadt, in die man mich entführt hat.

Die Frau schleppt mich in der Box in ihr Haus. Da kriege ich aber das Staunen. So groß und so viel Platz! Nur für uns beide? Ich muss gleich alles beschnüffeln. Mir gefällt es. Aber das gebe ich nicht gleich zu.

Strafe muss sein.

Es wird dunkel. Und die Blonde sagt: »Zeit, schlafen zu gehen.«

Mich sperrt sie in das Gefängnis, riesige Box mit Gitter vorne, und stellt das Ding vor ihr Bett.

Na, wenigstens etwas zum Rausgucken! Ich halte Ausschau nach Mama und Papa. Wo sind die bloß? Und dann muss ich wieder schrecklich weinen.

Man hat aber kein Erbarmen mit mir. Im Gegenteil, ich kriege auch noch Schimpfe dazu.

»Gib endlich Ruhe!« Und: »Warum kratzt du dich dauernd an den Ohren?«

Würde ja stille sein – vielleicht –, aber nur bei meinen Eltern und Geschwistern.

Sowieso, man hat mich wohl verwechselt.

Glenn durfte daheimbleiben. Man will mit ihr züchten. Die soll mal viele kleine Möpse machen.

Und ich, die arme »Gucci vom Tenkhof«, wurde statt ihrer entführt.

Zwischendurch penne ich mal eine Runde, um dann wieder ein großes Geheul starten zu können.

»Nun reicht's«, sagt die Genervte.

Sie packt die Box und schleppt uns ins Bad.

Da kann ich mich nun alleine amüsieren. Was heißt hier amüsieren. Ich fürchte mich noch mehr und habe riesengroßes Heimweh.

Was ist da bloß drin?

Bei der Tierärztin

Am nächsten Tag geht der Horror weiter. Wieder werde ich verschleppt. Rein ins Auto, rein in ein fremdes Haus. Aber da ist wenigstens was los. Frauchens stürmen auf mich zu.

»Oh, wie süß! Oh, wie niedlich!«

Da wachse ich doch gleich vor Stolz ein wenig.

Ich muss auf einen Tisch und werde von dem Frauchen namens Tierärztin befummelt

Mein Herzchen sei gesund, die Zähnchen vorne etwas schief, die Atmung in Ordnung, pumperlgesund, nur kleine Bewohner in den Öhrchen. Milben – sagt man dazu.

Und zu Frauchen sagt sie: »Da haben Sie aber ein Schnäppchen mit Fräulein Emelie gemacht.«

Stopp! Ist hier noch jemand? Ich bin doch die Gucci.

Und Schnäppchen? O ja, geschnappt und verschleppt.

Mir schmiert sie dann noch eine Salbe in die Ohren. Die Blonde soll das dann zu Hause auch weiter so machen.

Und weil die nette Tierärztin auch noch sagt, für die erste Zeit nur ein Raum für Fräulein Emelie, werde ich wochenlang in der Küche eingesperrt und darf nur unter penibler Aufsicht von Frauchen mal die anderen Räume besichtigen.

Mops und Frauchen gewöhnen sich an alles

Hach, ich beschere ihr dann auch richtig Arbeit.

Warum soll ich draußen im Garten püschern oder scheißern, wo es in der Küche so schön ist!

Da kann sie wenigsten paar Mal am Tag wischen, putzen, desinfizieren und alles mit Zeitungspapier auslegen.

»O je, o je! So oft wurde die Küche noch nie gesäubert«, sagt sie.

Eines Tages schleppt sie einen riesigen Topfuntersetzer an und macht da Katzengranulat rein. Das ist toll mit dem Deckel, weil da kein hoher Rand dran ist.

Ich bin doch so klein – sagt sie – Pfötchen wie ihr Daumennagel und Schwänzchen wie ihr kleiner Finger.

Pipimachen ist jetzt viel schöner. Meistens treffe ich. Manchmal geht es über den Rand.

Und mit dem Granulat kann man so schön spielen. Ich verteile die weißen Körnchen dann auch fleißig in der Wohnung.

Sofia, unsere Raumpflegerin, freut sich auch, weil sie ganz viel mit dem Staubsauger herumfahren kann.

Und ich freue mich auch. Das Gerät bellt so komisch. Also versuche ich, dem Sauger anständiges Bellen beizubringen.

Und weil das Ding nicht gehorcht, beiße ich mal hier hinein, mal dort hinein.

Ich habe vor nichts und niemandem Angst.

Neugierige Besucher

Frauchen kriegt viel Besuch. Manchmal komischen.

Christa ist eine Kollegin von Frauchen.

Die sagt immer: »Ich mag Hunde.«

Dabei hebt sie die Hände hoch und geht rückwärts und sagt: »Der

Hund soll mich aber nicht anspringen und abschlecken. Und anfassen tu ich den auch nicht.«

Ätsch, der hab ich aber gezeigt, was ein richtiger Hund ist! Ich tue schön brav. Laufe hierhin und dorthin. Und auf einmal lege ich mal schnell ein stinkendes Würstchen auf den weichen, bunten Teppich im Wohnzimmer hin.

Frauchen, glaube ich, ist das sehr, sehr peinlich.

Mir aber nicht.

Schade, dass meine nette Bescherung so schnell verschwindet.

Manchmal kriegen wir auch Besuch, der hier schläft.

Das ist toll!

Wenn das Menschlein die Treppe runterstiefelt, tue ich erst so, als würde ich ihn nicht kennen.

Fremde in meinem Revier? Das geht aber gar nicht. Und ich belle so laut ich kann.

Wow, dann großes Staunen meinerseits!!!

Ei, wer ist denn das!!! Wieder neue Leute … und ich springe an ihnen hoch und freue mich ganz fürchterlich.

Vor allem, wenn sie so was an den Füßen haben mit langen Bändern. Endlich was Neues zum Spielen, Ziehen und Zerren. Das mache ich natürlich ausgiebig. Manche lachen und lassen mich die Schleifen aufziehen. Ich nehme sie quasi an die Leine, um sie auszuführen.

Manche werden sauer, wenn ich an den Bändchen reiße.

Huch, da gibt es Gezeter und Geschimpfe.

Frauchen hält dann natürlich zu mir.

»Schnürschuh ist Schnürschuh, egal ob alt oder neu!

Wie soll Klein Emelie denn den Unterschied erkennen!«

Solche Leute brauchen uns nicht wieder besuchen … denken wir. Oder nur Frauchen?

Ich finde das Spiel jedenfalls noch toll. Ist ja auch neu.

Wer führt hier wen an der Leine!

Frühreifes Mädchen

Ende Juni 2007 werde ich läufig, sagt mein Frauchen!

Läufig!!!
   Was heißt denn das?
   Laufen kann ich doch schon.
   Oder laufen jetzt die Hundejungens hinter mir her?
   Oder läuft was aus mir raus?
   Das muss es wohl sein. Mein Frauchen ist dauernd mit einem Papiertuch hinter mir her und wischt am Zipfelchen herum. Und dann kriege ich das sexy schwarze Höschen an. Passt nicht so ganz um mein strammes Bäuchlein. Frauchen weiß sich aber immer zu helfen und näht ein Verlängerungsgummi rein. Jetzt sitzt es.
   Und weil ich ihr immer noch nicht sage, dass ich mal muss. Oder doch? Nur sie versteht mich einfach nicht. Da ist Holland in Not und meine Buchse voll.
   Schon geht das Gejammer los.
   »Igittigitt! Sag doch vorher was!«
   Und Frauchen telefoniert mit meiner Ziehmama. Die tröstet: »Bei Möpsi dauert alles halt länger.«
   Drei Wochen geht das Theater.
   Auch mit dem Höschen.
   Rein in die Buchs, raus aus der Buchs!

Und ich stolziere durch die Gegend als Sexy-Hexy!

Sexy-Hexy

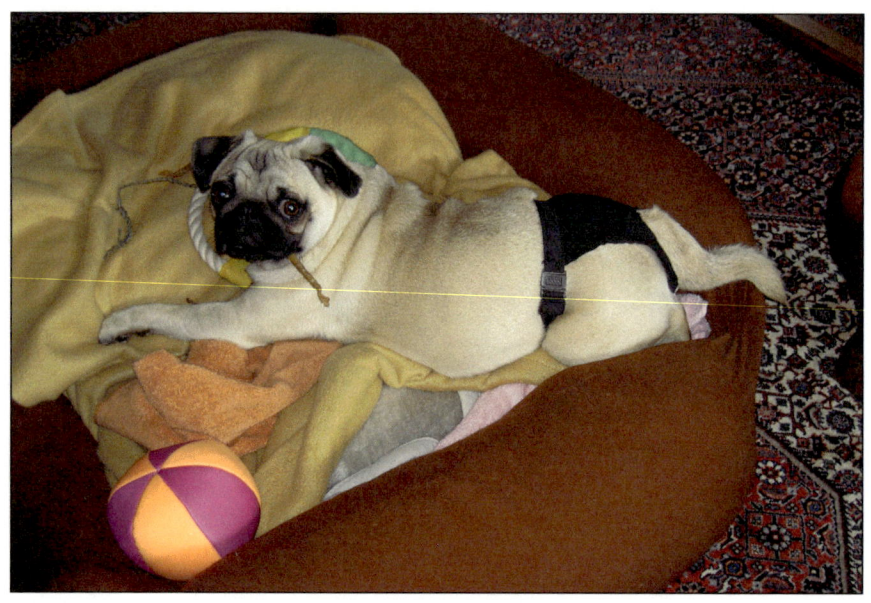

Ich mopsig dralle Deern
hab' Streicheleinheiten gern,
ob von Mann oder Frau – ich nehm's nicht so genau.

Ich werde entfraut – September 2007
Wieder bei der Tierärztin

Das war vielleicht ein Montag!

Erst bringt mein Frauchen mich weg zu zwei supernetten anderen Mädels. Eine piekst mir in den Po. Da schlafe ich doch tatsächlich gleich ein. Und als ich wieder so halbwegs wach werde, weiß ich erst gar nicht, wo ich bin, und püscher einfach in mein Bettchen. Nicht alles, ist doch klar! Ich krabbel dann immer noch todmüde raus und denke, welch herrlicher Rasen, und erledige gleich den Rest, pullern und Würstchen dekorieren.

Komisch, mein Frauchen schimpft gar nicht! Das ist eine Schlaue! Da ist gar kein Rasen, nur viele, viele Handtücher!

Nachts muss ich so eine olle steife Plastiktüte um den Hals tragen. Die sagen dazu Kragen.

Ich sage nur: Folter.

Überall donner ich damit vor.

Und wie soll man damit schlafen. Ich probiere es im Sitzen. Aber irgendwann fällt der Kopf doch runter. Das Gemeinste ist, ich kann nicht in meine heißgeliebte Box. Nicht mal rückwärts klappt es.

Da fahre ich von Mittwoch auf Donnerstag in der Nacht scharfe Geschütze auf. Alle anderthalb Stunden fange ich im Wohnzimmer fürchterlich an zu weinen. Wenn ich nicht schlafen kann, soll Frauchen auch nicht schlafen.

Die ist vielleicht gerädert. Und sie fährt dann auch los und kauft mir zwei schicke Kinderunterhemdchen und einen Body für nachts.

Also, geht doch!

Ich aber ziehe mir die Dinger dauernd aus. Schließlich habe ich vier Beine. Und zwei davon zum Reintreten ins Hemd. Da muss ich nun den Sicherheitsgurt zehn Tage lang tragen, weil mein Frauchen die Achseln hübsch mit einem Schleifchen am Gurt festbindet.

Ihr könnt mir glauben, echt schick!

Auf Spaziergängen wackel ich dann wie ein Fotomodel mit dem Hintern und kringel stolz mein Schwänzchen. Kann schließlich nicht jeder.

Fiep, bell!

Und alle Leute fragen: »Was hat denn die Kleine?«

»Ach, sie wurde nur kastriert.«

Ich fühle mich fast acht Tage ziemlich schlapp und mag auch nicht viel fressen.

Einen Vorteil hat es allerdings, ich darf ganz viel im Auto mitfahren.

Am elften Tag geht es wieder zu den netten Mädels. Als eine mit einer Schere an meinem Bauch rummacht, denke ich, holla – nicht mit mir und strampel ganz doll. Hilft nichts, kommt noch ein Mädel, und sie hält meine Hinterbeine ganz fest. Und die Fäden werden endlich gezogen.

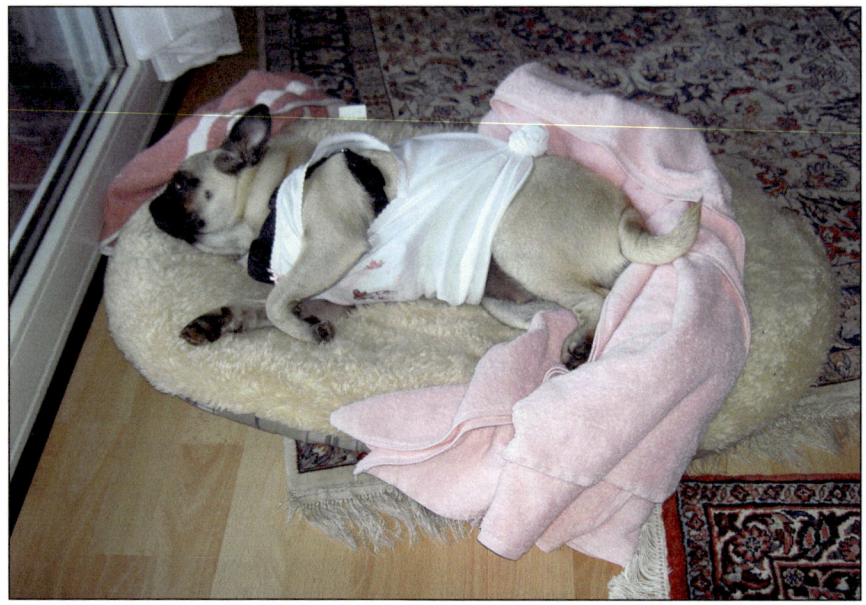

Nachtgewand-Verband

Emelie relaxt im kurzen Hemd

Fit wie ein Turnschuh

Aber jetzt kann ich wieder richtig gut springen und laufen. Was hüpft es sich gut in den Betten! Weiß gar nicht, warum Frauchen sich hinterher schmeißt und mich einfängt.

Manchmal sperrt sie mich dann auch noch in die Küche.

Was soll das eigentlich, sie liegt doch auch in dem Bett!

Ich schreibe meine Empörung aber so richtig auf den Türrahmen. Jetzt kann jeder lesen, wie man mich foltert. Die Kratzer habe ich ganz tief eingekerbt, auf dass sie ewig bleiben.

Und laufen kann ich jetzt, habe gut abgespeckt.

Ab und zu versuche ich meinem Frauchen den Arm an der Leine auszureißen. Warum hält sie auch fest!

Deshalb will sie nun zur Hundeschule. Ich bestelle aber Regen.

Ätsch! Ich darf mich nicht erkälten, mein Bauch ist so sexy rasiert.

Obwohl in der neuen Schule das Mädel echt Ahnung von mir hat, nur macht sie leider Klickertraining. Und Umlernen haben wir keine Lust!

Am 13. Oktober wollen wir nach Minden fahren. Der Bruder von Georg wird 80 Jahre alt.

Ich freue mich schon riesig, endlich mal so lange im Auto zu fahren und die Rückbank mit meinen Härchen auszupolstern. Da wird Frauchen immer ganz wild, wenn ich aus meinem Körbchen hüpfe.

Glaubt die etwa, ich stranguliere mich freiwillig mit dem Sicherheitsgurt!

Beschwörende Gesten

Meine neue Bestimmerin sitzt vor einem Berg Bücher. Und liest und liest. Zwischendurch stöhnt sie: »Das lern ich nie.« Und sie macht sich Notizen.

Ich bin ihr erster Hund, ihr erstes Haustier überhaupt.

»So, Emelie, jetzt werden wir mal schön üben!«

Sie fuchtelt mit ihren Händen, macht komische Gesten, zeigt mir ihre Finger. Dazu spricht sie beschwörerisch kurze Wörter: »Sitz! – Platz! – Hier! – Bleib!«

Meint sie mich! Ich verstehe sie nicht.

Zu allem Übel wird sie auch noch handgreiflich, drückt einfach meinen Popo runter und sagt: »Sitz!«

Ich kapier nicht und stell mich stur. Wenn ich mich dann aber mal aus Versehen setze, ist die Freude groß.

»Was wir schon alles können«, werde ich gelobt und bekomme ein besonderes Leckerli.

Was heißt hier wir?, frage ich mich. Soll ich auch einen Finger, äh einen Zeh heben und »Sitz« bellen?

Tag für Tag wird die Prozedur veranstaltet. Wenn sie Lust dazu hat. Ich werde ja nicht gefragt. Und auf dem Bauch herumrobben mag ich gar nicht. Warum habe ich denn Beine zur Fortbewegung! Nein »Platz« mache ich nun überhaupt nicht.

Also greift sie in ihre Trickkiste. Hält mir was Leckeres direkt vor die Nase. Zieht es immer wieder weg, bis ich unter der niedrigen Verstrebung des Couchtisches durch bin. Endlich Belohnung!

Sie blättert wieder in ihren schlauen Büchern und findet, man soll »Down« sagen, wenn der Hund nicht auf »Platz« hört. Und siehe da! Nun verstehe ich sie.

Lustig wird es unterwegs. Ich muss einfach immer alle Leute begrüßen und an ihnen hochspringen. Bin doch ein höflicher Mops. Frauchen ruft dann immer entsetzt: »Nein!«

Und die Leute antworten: »Moin!«

Frauchen kichert sich heimlich einen. Moin ist hier so der übliche Gruß. Also gewöhnt sie sich »No« an, und wir speeken immer mehr englisch.

Eines Tages sagt sie dann: »Emelie, wir gehen nun zur Hundeschule. Vielleicht lernst du dann alles schneller.«

Jawohl, Frau Feldwebel!

Wir werden dort den anderen Frauchens und Herrchens vorgestellt. Ich darf in die Welpengruppe und soll mit der Lehrerin alle diese Sachen machen, die mein Frauchen zuhause mit mir übt. Ich denke nicht daran. Was soll das? Wo es hier so viele Spielkameraden gibt! Und ich mische so richtig die Runde auf. Jage mit allen herum. Und die anfangs nicht wollen, machen das tolle Spiel dann doch mit mir mit.

Huch, was guckt die Lehrerin böse und schimpft Frauchen aus. Dabei gehorcht ihr Dackel doch auch nicht.

Das geht paar Mal so. Bis wir in eine andere Gruppe gelobt werden. Zu den großen Hunden. Da wäre ich besser aufgehoben. Die großen Vierbeiner mag ich gar nicht. Die sind so laut und angeberisch.

Schau mal, Kleine, was wir alles können, sagen sie und fangen an zu schubsen. Oder bedrängen mich heftig. Ich habe aber einen Beschützer. Wallenstein ist ein großer schwarzer Freund mit schönem Puschelschwanz. Er geht dann meist dazwischen und weist die Pubertierenden zurecht.

Viel lerne ich dort nicht, hänge meist am Hosenbein von Frauchen: Will nach Hause!

Frauchen ist lernfähig. Nun fahren wir nur noch zur Spielstunde der Welpengruppe.

Und sie findet für uns eine nette Begleiterin für Spaziergänge, nämlich Susannefrauchen mit Holly. Und Holly zeigt mir geduldig, was ich alles wissen muss, um bei den Menschen gut anzukommen.

Übung macht den Meister, aber keine Meisterin!

Hallo Freunde nah und fern!   Oktober/November 2007

Ich muss mal wieder was von uns hören lassen. Mein Frauchen war am 13. Oktober zu Walters 80. Geburtstag in Minden (Georgs Bruder).

Auf großer Reise

Das ist toll! Endlich mal lange Auto fahren! Geschwindigkeitsrausch. Es kann mir nicht schnell genug gehen.

Wenn es dann mal langsamer wird, beschwere ich mich. Frauchen sagt dann: »Warum meckerst du herum. An der Ampel muss man halten!«

Die Fahrt wird mir dann doch zu lang…weilig. Ich pofe so richtig gut im Körbchen auf der Rückbank.

In Minden bekommt Frauchen dann die Krise. Die Frau Navi sagt zwar, dass wir links abbiegen sollen. Aber da ist es schon zu spät. Wir müssen immer weiter geradeaus fahren.

Ich mache Sightseeing, Frauchen sucht einen Wendeplatz.

So rauschen wir durch Minden bis zum Bahnhofsvorplatz.

Mich stört es nicht.

»Was nun?«, fragt Frauchen.

Meint sie mich oder die nervige Navitante?

Clever Frauchen fährt dann irgendwie, irgendwo durch Siedlungen, hält sich meist links. Dann Begeisterungsruf: »Wir haben sie wieder!«

Was? Wo? Wen haben wir … gefangen?

Och, ist nur die richtige Straße!

Und was Frauchen nun alles auspackt! Kissen, Decke, Essnapf, Möhrensaft.

Wollen wir etwa hier bleiben!

Was werden wir lieb begrüßt!

Und bei den Verwandten führe ich mich ganz fein auf – wie es sich eben gehört.

Es sind aber auch alles nette Leute da. Die haben Hunde fürchterlich gern. Sie stellen mir gleich ein Schüsselchen Wasser hin und ich darf alles erkunden. In der Wohnung, in dem Garten.

Man erlaubt mir sogar, dringende Geschäfte auf dem tollen Rasen zu erledigen. Natürlich nachdem ich um Erlaubnis gefragt habe.

Zum Dank schlecke ich ihnen den Teppich sauber. Da liegen nach dem Kaffee so leckere Kuchenkrümel herum.

War das ein Versehen oder ließ man extra was für mich fallen?

Jedenfalls, nun braucht keiner mehr mit dem Sauger herumzudüsen.

Komm spiel mit mir!

Springinsfeld oder Flegeljahre

Und weil ich so getan habe, eine liebe Emelie zu sein, dafür lasse ich dann ab Sonntag so richtig den Mops raus.

Vormittags bei der Hundeschule treffe ich oft meinen Freund Mops Olaf. Was der kann, kann ich schon lange! Das ist vielleicht ein Bürschchen! Wir mischen die Runde auf und machen die großen Hunde ganz kirre.
 Wer jagt wen?
 Wir Mopse können im Lauf so schöne Haken schlagen, wie die Hasen. Und die dummen großen Hunde laufen einfach geradeaus weiter. Wir lachen uns heimlich eins kringelig ins Schwänzchen und rollen es noch runder.
 Das macht Spaß! Aber nur uns.

Nachmittags in Hopen, unserm Naherholungsgebiet mit viel Wald, schlecke ich erst mal das Wasser im Bach probehalber und erkunde das Gelände.
 Als ich auf dem dicken Rohr überm Bach sitze, ruft mein Frauchen dauernd: »Fall nicht runter!«
 Ich bin ja nicht lebensmüde.
 Glaubt die, ich springe 1,5 Meter runter.
 Ich jage dann erst mal über den Acker. Und weil die Nordwestbahn durch ist, nimmt Frauchen mich nicht an die Leine. Ich rüber über den Bahndamm und durch eine Zaunlücke auf die Pferdekoppel. Gerüche, Gerüche – alles neu. Das kleine Pferd bemerke ich erst gar nicht.
 Mein Frauchen steht bibbernd vor Angst am Zaun.
 Als wenn ein Zottelpferd mich treten würde! Anstandshalber geh ich doch zu Frauchen. Man weiß ja nicht, was sie sonst so veranstaltet. Ist nicht so schlimm an der Leine.

Pferdchen und ich begrüßen uns freundschaftlich Schnauze an Schnauze durch den Zaun und erzählen uns viel.

Auf der anderen Seite der Straße hören ein riesiges Pferd und ein Esel zu. Da muss ich rüber und plausche auch mit denen.

Montag ist es so richtig warm.

Tobe mit Susannes Holly herum. Holly ist ein ganz braves Hundemädchen. Ich lerne ganz viel von ihr, mehr als in der Hundeschule.

Na, und nun habe ich entdeckt, wie schön es sich in einem Bach herumplanschen lässt und dann ab durch richtig schwarzen Sand mit nassem Bauch.

Mein Frauchen weiß nicht, ob sie lachen soll oder …

Dienstag führen Holly und ich uns erst mal richtig gut auf. Holly ist so eine Vernünftige, sie ist aber schon fürchterlich alt, ganze vier Jahre, aber wir verstehen uns gut.

Nur so viel Vernunft!

Das langweilt.

Das Schärfste ist auf dem Bahndamm und den Schienen.

Ehe sich's die Damen versehen, düse ich rauf. Was habe ich hier für eine tolle Aussicht! Und die vielen anderen Gerüche! Ich spaziere fröhlich dort oben lang, sehe und höre nichts.

Da machen mein Frauchen und Susanne auf einmal einen Aufstand.

»Emelie hier! Emelie hier!«

Ich lache sie einfach aus. Was labern die auch und passen nicht auf mich auf.

Susanne kennt keine Gnade und gönnt mir nicht das Vergnügen. Sie krabbelt auf den Bahndamm und fängt mich ein.

Aus ist es mit meiner Freiheit.

Leinenzwang.

Ich versuche vergeblich, das Band durchzubeißen.

Aber irgendwann wird mir das glücken!

Mein Frauchen richtet es so ein, dass wir unsere Hundefreundin fast jeden Tag treffen. Das ist vielleicht toll. Ich tobe mit Holly durch den Wald. Und mein Frauchen hat auch nicht mehr so viel Angst, dass ich verloren gehe.

Jetzt höre ich mal auf meine Erlebnisse zu erzählen und grüße mit einem fröhlichen »Quiek-Bell«.

Hundebesuch   Dezember 2007

Ich habe vielleicht Spaß in letzter Zeit!

Mein Frauchen kriegt Besuch. Moritz darf zu mir. Aber das ist auch schon ein zehn Jahre alter Dackel, der nur bellt, überall das Bein hochhebt und markiert oder schläft. Der will einfach nicht mit mir spielen.

Mein Frauchen ist dann so nett und lädt meine heiß geliebte Freundin ein. Ich denk, ich sehe nicht richtig, als Susannes Auto vor unserer Garage hält und Holly rausspringt.

Mann, ist das toll!

Wir mischen die Bude so richtig auf. Rund im Wohnzimmer, wilde Jagd unterm Esszimmertisch.

Glaubt mein Frauchen, der Tisch sei fürchterlich stabil.

Ha, wir kriegen ihn mächtig zum Wackeln. Und mein Frauchen hat noch nie so viel gelacht, seitdem ich bei ihr wohne – oder sie bei mir? Mir wird von der Jagerei aber mächtig warm. Ich lege dann mal eine Pause ein und schmuse mit Holly. Die hat so eine richtig liebe Schnauze. Deshalb kriegt sie auch viele Küsschen von mir und ich schlecke sie ordentlich ab. Unsere Haare fliegen überall herum, und Drecktapsen machen schicke Muster.

Das lohnt sich für Sofia. Das ist auch eine ganz Liebe, die hilft meinem Frauchen, meinen Pelz von den Teppichen zu saugen. Sie macht das so doll, dass der Teppich auch fast im Sauger verschwindet.

Mein Frauchen findet dies dann aber nicht so prall.

Und ich finde, alles sieht viel zu sauber aus. Wär doch gelacht, wenn ich das nicht ganz schnell ändern kann.

Ich schnappe mir ein Papiertaschentuch und zerpflücke es in Windeseile und spiel dabei mit meinem Frauchen »Fang mich«.

Ich gewinne immer.

Ätsch!

Am 3. Dezember ist mein erster Geburtstag in Lohne, ich bin jetzt ein Jahr alt. Das feiern wir richtig toll. Meine Freundin Holly gratuliert mir und wir mischen mal wieder alle Räume auf. Warum lassen die auch die Türen offen stehen!

Das Schönste ist immer, wenn der Esszimmertisch wackelt und die oben »Huch, das Geschirr!« schreien. Geht aber nichts kaputt. Wir passen doch schließlich auf.

Seitdem es immer so viel regnet, ist es in unserem Spaziergebiet matschig schwarz.

Uns macht das Spaß, nur unsere Frauchen sind die reinsten Spaßbremsen: »Igitt, wie seht ihr aus, so kommt keiner ins Auto.«

Ich bin aber schneller. Bevor sie mit dem Handtuch an mir rumfummelt, sitze ich schon im Körbchen und saue alles ein. Wozu hat sie denn die Waschmaschine!

Zuhause macht sie dann immer eine Unterbodenwäsche mit mir – in der Dusche. Das kitzelt so schön am Bauch mit dem Wasser aus den Düsen. Und ich patsche in der Duschwanne herum und schlabber ordentlich Wasser.

Wenn sie nicht damit rechnet, springe ich schnell raus und flitze triefnass von unten durch die Wohnung und sie hinterher, auch meist nass.

Jetzt ist sie aber schlauer – oder lernfähig? Frauchen macht schon vorher die Badtür zu. Wenn sie mich trocknen will, zappel und strampel ich ganz tüchtig. Sie soll schließlich richtig Arbeit mit mir haben.

Apropos Arbeit – Holly sah neulich noch so schön sauber aus, da bin ich einfach über sie drübergesprungen und habe meinen schmutzigen Bauch über ihren Rücken gezogen. Tollen Dreckstreifen gab das!

Holly ist nachmittags mal drei Stunden ohne ihr Frauchen bei mir. Meine Freundin will überhaupt nicht spielen, erst ist sie beleidigt, dann traurig. Ich tröste sie, streichel sie mit meinen Pfötchen, schmuse mit ihr und kuschel mich an sie. Susanne (ihr Frauchen) ruft dann zwischendurch mal an. Da wird Holly für eine Weile richtig froh und wir jagen ein paar Runden durchs Wohnzimmer und durch den Garten. Ich weiß ja nicht, wie das ist, wenn man bei jemandem abgegeben wird.

Habe ich euch schon erzählt, was mal Schreckliches bei den großen Pferden war? Ich sause los und will unterm Zaun unten durch. Da schockt mich was. Ich quieke vielleicht. Statt mich zu bedauern, meinen die Frauchens nur: »Das wird dir eine Lehre sein!«, und faseln was von Strom. Jetzt gehe ich in der Gegend vorsichtshalber zwischen meinen Frauenbeinen. Man weiß ja nicht, ob der Strom wiederkommt!

Fürchterliche Zotteltiere   ab Januar 2008

Neues aus Büttenwarder oder??? Ach nein
Neues aus Mopshausen!!!!!!!!!!!

Neulich war mein Frauchen in der Schule. Manchmal geht sie dahin. Aber nicht mehr so oft! Sie hat dort mal gearbeitet. Als Lehrerin! Sie nimmt mich dann immer mit und sagt: »Heut melde ich dich als Schülerin an.«

Ich freue mich jedes Mal ganz doll und zerre mein Frauchen in das große Zimmer, wo ganz viele Lehrer sind. Die freuen sich dann auch alle – fast alle – und streicheln mich und fragen: »Wer bist du denn?«

Dabei kennen die mich doch. Bin schließlich stadtbekannt! –
Also neulich, nach der vielen Streichelei, gucke ich so in alle Ecken. Huch, liegt da ein riesiges graues Zotteltier mit schrecklich langem Fell. Ich kriege einen Schreck und belle und belle – so laut ich nur kann.

Susanne, Frauchens Freundin, geht zu dem »toten« Tier und will es mir dichter zeigen. Da zeige ich es denen aber. Füße in den Boden stemmen, Haarkamm sträuben und noch lauter bellen.

Ich weiß gar nicht, warum Frauchen so lacht, bis die Tränen kullern. Und die anderen lachen auch, nur einer nicht, der schimpft: »In der Pause will ich meine Ruhe!«

Die kriegt er auch. Ich weiß schließlich, was sich gehört und bin eine gelehrige Schülerin.

Aber stellt euch mal vor, zu Hause schnuppere ich im Besenschrank herum. Was hängt da? Schon wieder ein totes Zotteltier? Ich knurre!

Frauchen nimmt das Tier – igitt – streichelt es und sagt: »Guck mal, es macht gar nichts, ist nur ein Mopp.«

Mopp ohne »s«, ohne Augen, ohne Kringel?

Das ist mir nicht geheuer.

So ganz überzeugt bin ich erst nicht. Man weiß ja nie! Dann traue ich mich aber doch und schnuppere mal. Tatsächlich, nur ein oller Staubwedel von früher.

Autofahrerglück

Was glaubt ihr wohl, wie das Innenleben vom Auto von Frauchen aussieht! Täglich versuche ich, die Polster meinem Fell anzugleichen. Ist mir fast geglückt! Überall stecken fein eingepiekst meine schönen Härchen. Nur manchmal kriegt Frauchen einen Putzkoller und versucht, mein Fell zu entfernen. Dann schüttle ich mich extra ganz heftig, dass meine Haare nur so fliegen. Frauchen ist das egal.

Sie sagt dann: »Ist doch ein altes Auto.«

Autofahren ist toll! Seitdem mein Frauchen eine Hängematte für mich angebracht hat, ist es noch viel toller. Jetzt gehört ganz alleine mir die Rückbank, und ich springe immer hin und her, natürlich mit Sicherheitsgurt. Draußen gibt es so viel zu sehen und alles saust so schnell vorbei. Ich gucke mal links, mal rechts aus dem Fenster oder auch mal hinten raus. Aber ich bin ja so klein und muss mich auf meine Hinterbeinchen stellen und mich schrecklich lang strecken. Und hinten sind die doofen Kopfstützen. Echt schwierig dort durchzulugen.

Hach, und in der Autowaschstraße ist was los.

Wasser über Wasser! Komisch, dass ich nicht nass werde. Der nette Onkel dort spritzt das Auto immer ab. – Ein dicker Wasserstrahl trifft an meine Fensterscheibe, ich sperre mein Mäulchen ganz groß auf und will das Wasser fangen. Ich bin immer so durstig und trinke doch sonst auch von einem Schlauch. – Nichts! – Mein Frauchen lacht. – Wieder ein Strahl. – Nichts! – Der Onkel lacht und spritzt immer mehr. Bah, ich schüttle mich – könnten doch Wassertropfen auf meinem Pelz gelandet sein.

Ich weiß immer noch nicht, was es da zu lachen gibt! Die Menschen sind vielleicht komisch. Bloß, weil ich ein großes Maul mache!!! – Oder habe????

Ein fröhliches Quiek-Bell
Gucci vom Tenk-Hof alias Fräulein Emelie

Cuxhaven 2008

Hallo Freunde nah und fern,
  jetzt bin ich ein weit gereistes Mädchen. Mein Frauchen meinte, wir müssten mal einen Testurlaub machen. Was immer das auch sein soll!

Reisevorbereitungen

Welch ein Aufstand! Erst kauft sie eine Riesensporttasche.
  Ich denke: Soll ich da etwa rein?
  Nö, Sammelsurium kommt da rein.
  Sie nimmt mir einfach einen Teil meines Spielzeugs weg und versteckt es dort drin. Die Tasche wird voller und voller: Decke, Handtücher, Näpfchen, Kamm, Bürste, Medikamente, Essen, Leckerlis, Mixer, Mohrrüben, meine Ausweispapiere.
  So geht das mindestens acht Tage lang. Und sie brummelt dauernd: »Was habe ich noch vergessen?«
  Haha, hoffentlich vergisst sie mich nicht.
  Und dann noch ihr eigenes Gepäck!
  Ich frage mich: Machen wir etwa eine Weltreise? Ist Cuxhaven so weit? Und sind acht Tage so lang?
  Wenn es doch nur losginge! Die kriegt hier noch echt die Panik.
  Endlich scheint es so weit zu sein. Am Sonntagabend schleppt sie das Gepäck ins Auto, sogar mein Pipiklo.
  Was soll das denn, denke ich, ich kann doch schon lange draußen auf dem Rasen.
  Gut, dass der Kofferraum so groß ist und ich nicht einen Teil von meiner Rückbank für Gepäck opfern muss.
  Montag, 14. Juli, 11.00 Uhr. Es ist so weit. Wir fahren zu unserer Freundin Telgenwegsusanne. Die kommt nämlich mit. Und sogar deren beide Riesentaschen haben hinten drin noch Platz.

Ich finde das alles toll.

Pst! Nicht weitersagen! Meine Geschäftchen erledige ich heimlich auf dem Rasen Telgenweg. Kicher!!!

Richtung Cuxhaven

Endlich auf der Autobahn und alles so schnell vorbeiflitzen sehen, herrlicher Geschwindigkeitsrausch.

Und eine Tante quatscht dauernd, wo wir lang müssen. Navigationsgerät sagen die dazu. Bis Bremen ist die Autobahn noch ziemlich voll. Aber weiter nach Bremerhaven-Cuxhaven wird es dann leer.

Kurz vor Cuxhaven hält mein Frauchen auf einem Parkplatz an. Endlich darf ich mir meine vier Beine vertreten und die neue Zeitung lesen. Was gibt es hier wieder Tolles zu beschnuppern.

Die beiden großen Mädchen tun so, als wären sie am Verhungern, und essen hart gekochte Eier und Dickmilch.

Igitt, wie kann man bloß.

Ich püscher noch schnell ins Gras und die beiden gehen abwechselnd ins Häuschen. Als Frauchen verschwindet, fange ich vorsichtshalber an zu jammern. Man kann nie wissen!

Unser Urlaubsdomizil

Endlich fahren sie weiter zu unserer neuen Unterkunft. Um 14.00 Uhr kommen wir an. Die Dame an der Rezeption gibt uns sogar schon die Schlüssel für die Wohnung, obwohl wir eigentlich erst ab 15.00 Uhr rein dürften.

Aber hallo, ist das eine schicke Wohnung! Ich muss alles erst mal beschnüffeln, ob es mir hier auch wirklich gefällt. Wie es aussieht, wollen wir Mädels eine Weile bleiben. Jedenfalls schleppen sie das viele Gepäck hierher. Dauernd Garage, Fahrstuhl, Wohnung Nr. 123 rauf und runter. Dann verteilen sie unsere Sachen überall in den Zimmern.

Gemütlich wird's. Und Susanne schreit begeistert: »Zwei Balkone – für jeden einen!«

Stimmt doch nicht, wo ist denn meiner?

Ich bin ja nett und teile den größten mit Frauchen … oder Susanne?

Erkundungsgang

Auf geht's! Gegend erkunden! Rüber von der Kurpark Residenz zum Deich. Steile Treppe. Frauchen stellt sich immer an. Ich soll nicht viele Stufen rauf wegen Rücken und so. Dabei macht das vielleicht Spaß rauf- und runterzuhoppeln. Na gut, ich tu ihr den Gefallen und sause den Grünstreifen hoch. Frauchen im Schlepptau. Ist die lahm! Ich bin dann doch nachsichtig, sie hat ja nur zwei Beine und ich vier.

Der Deich ist schön gepflastert und auf der anderen Seite toll grün. Ich flitze übermütig runter … Strand in Sicht. Stopp! Für Hunde verboten!

Bin ich ein Hund? So eine Gemeinheit!

Hundestrand rechts weiter! Wir laufen und laufen. Die Sonne brennt auf den Pelz. Kein Wasser zum Schlabbern! Und wir laufen und laufen.

In Cuxhaven-Döse soll es nur eine Wiese für uns Vierbeiner am Wasser geben. Frauchen und ich haben die Schnauze voll. Also irgendwie zurück Richtung Unterkunft. Kurpark in Sicht. Für Hunde verboten! Pah, Frauchen und Susanne tun so, als hätten sie das Schild nicht gesehen. Und ich brauch mich nicht klein machen, ich bin ja klein.

Endlich Sitzgelegenheiten in Sicht bei vielen Buden.

Hmmmh, riecht es hier lecker.

Die Mädels trinken Duckstein, und ich kriege einen Napf Wasser und bin glücklich, ein Nickerchen halten zu können.

Rituale

Für heute reicht's! Die Mädels denken nur an sich, nehmen sich leckere Fischbrötchen mit, und was ist mit mir? Wieder Mohrrübenpampe, damit ich nicht zu dick werde?

Und dann stehen in der Küche so zwei komische Schalen aus Plastik in der Küche. Für mich etwa? Wo sind meine Blechnäpfchen? Findet Frauchen die gemusterten Dinger wirklich so toll? Aus dem Fressnapf grinst mich ein blöder Hund an und bleckt die Zähne. Dem soll ich das Futter wegnehmen?
  Wie kann man mir das antun?
  Ich verweigere standhaft die Nahrung. Werde womöglich in die Nase gebissen. Nee, nee, nicht mit mir.
  Frauchen füttert mich aus der Hand, nimmt dem Köter einfach alles weg. Schmeckt so auch viel besser! Gut, das Wassernäpfchen geht, da schwimmen wenigstens nur harmlose Fische drin. Ach, wär ich doch bloß zu Hause.
  Der Terror geht weiter. Von den Mädels? Oder doch lieber von mir? Die machen sich tatsächlich fertig zum Schlafen. Und ich? Ich werde einfach im Wohnzimmer eingesperrt. Nicht mal meine Schlafbox ist hier. Denen werd ich es zeigen. Ich ziehe alle Register auf. Erst mal weinen, vielleicht hilft's. Nichts! Die pennen – oder? Ich kratze mal vorsichtshalber an der Glastür. Das macht schöne laute Klappergeräusche. Ich lausche. Nichts rührt sich bei den Mädels. Also noch mal weinen – in anderer Tonlage. Ich kann auch Folterlaute. Wer wird nun gefoltert, die oder ich? Mann, oh Mann, oder besser Frau, oh Frau! Sind die schwerhörig? Oder hat man ihnen was ins Duckstein getan!
  Nun probier ich das schon eine geschlagene Stunde: jammern, kratzen, wimmern, kratzen. Ich höre was an der Tür. Frauchen – total entnervt.
  Hurra, ich habe gewonnen.

Ich darf in ihr Schlafzimmer – auf das leere Bett neben ihr. Vorsichtshalber bleibe ich erst mal stocksteif auf meinem Kissen sitzen. Man weiß ja nicht, wie unberechenbar die Mädels sein können. Aber irgendwann schlafen dann alle ein. Was bin ich mopsfroh und puste entspannt ins Gesicht von Frauchen.

Die haben beschlossen, um 8.00 Uhr aufzustehen. Huch, so früh! Da stelle ich mal meinen Wecker auf 7.50 Uhr. Frauchen tut so, als wenn sie noch pennt, als ich mal in ihr Gesicht schnaube. Also, dann mal rüber zu Susanne, Morgengymnastik machen, nämlich richtig feste auf sie draufjumpen. Die hat nichts dabei, kennt sie ja von ihren Katzen. Paar Schmuseeinheiten noch und dann wieder zu Frauchen. Langsam wird es aber Zeit zum Aufstehen. Ich setze mich vors Bett und hypnotisiere sie. Rührt sich nichts! Mit einem Satz springe ich auf sie drauf und trample über ihren Bauch zu meinem Bettchen. Na also, das hat gewirkt. Endlich schält sie sich aus der Bettdecke.
    Stellt euch mal vor, dieses Theater muss ich ganze acht Tage veranstalten, na, das mit dem Wecken, meine ich.
    Die Mädels sind mir aber nicht böse, wenn meine knapp acht Kilo auf sie drauffallen.

Frühstück! Frauchen poltert in der Küche herum, und Susanne macht sich fast nackert, zieht sich was Ulkiges an. Badeanzug? Anzug ist doch Jacke und Hose – oder? Und Susanne hat nur ganz wenig was an. Frauchen macht dann viel später auch so Verkleidung. Sie sagen, sie gehen unter uns ins Hallenbad, schwimmen. Wie kann man sich freiwillig bei dem Wind nass machen!
    Die Mädels frühstücken dann, und ich darf auf einen unbequemen Stuhl neben Frauchen. Ich quengle dann auch entsprechend, versuche, auf den Tisch zu steigen, will vom Stuhl rauf und runter und nerve. Aber die haben ein dickes Fell, quatschen und essen und schlürfen Kaffee.

Endlich! Ich kriege nun auch meine morgendliche Zuteilung aus dem unheimlichen Napf. Ich beeile mich, und Frauchen erst mal. So schnell war sie noch nie in ihren Klamotten. Ich hab es nach dem Essen nämlich immer brandeilig. Wir düsen zum Fahrstuhl. Ich kneife brav meinen Popo zu. Dann aber ab auf die grüne Wiese! Pipi und ein Stückchen weiter, na, ihr wisst schon was! Das packt Frauchen immer schnell in einen Beutel ein. Danach suchen wir einen Mülleimer.

Wir beide trödeln anschließend rauf zum Deich. Es gibt so viel zu lesen für mich. Wer alles bloß schon seine Duftmarke hinterlassen hat! Ich stecke überall meine Nase rein. Frauchen schaut den vielen Schiffen auf der Nordsee nach. Und wir lassen uns den Wind um die Nase wehen.

Dann wandern wir wieder zurück. Ich möchte am liebsten beim Bäcker rein. In der Rezeptions-Halle ist ein Laden, und da riecht es so gut. Aber immer werde ich weggezerrt. Dann eben nicht!

Wieder zurück in der Wohnung hübschen sich die Mädels auf. Frauchen braucht nicht lange ... aber Susanne!!!

Die besprechen nun das Tagesprogramm, wo essen, wo einkaufen, mit oder ohne Auto.

Manchmal muss ich den weiten Weg zum Italiener zu Fuß trippeln, manchmal setzt sich Frauchen durch und wir kutschieren im Auto herum.

Ach, so ein Mopsleben ist aufregend! Beim Aldi warten Frauchen und ich draußen. Ich setze mich und warte. Die Leute kriegen alle lachende Gesichter, wenn sie mich anschauen, und ein Mann singt sogar »Ein Mops kam in die Küche«.

Verstehe ich zwar nicht so ganz, Küche? Ich sitz doch hier bloß und will mein Rudel zusammenhalten.

An meinem Geschirr ist ein niedliches Täschchen. Das irritiert die Leute mächtig. Tun die nur so, fragen mich »Bist du ein Rettungshund?«; oder sind die blöd? Frauchen hat meine klappernde Steuermarke darin versteckt. Damit es mir nicht in den Ohren klingelt. Ist doch lieb von ihr!

Ausflüge am Strand

Manchmal machen wir drei auch verbotene Sachen. In Sahlenburg soll es einen Hundestrand geben. Also nichts wie hin! Aber wo müssen wir lang? Entnervt suchen die Mädels einen Parkplatz. Es ist schon Spätnachmittag. Da ist es uns nun egal.

Juchhu, ich darf mit an den Strand!

Keine Aufpasser weit und breit. Verstehe ich sowieso nicht, Pferde dürfen und ich nicht? Wir kacken doch alle mal.

Oh, ist das schön im weichen Sand! Ich drehe wie verrückt meine Runden. Frauchen sagt dann immer: »Emelies drollige fünf Minuten.«

Ich hopse und springe, der Wind braust um meine Nase, meine Öhrchen fliegen um die Wette mit meinen Beinchen. Nur, warum muss ich an der Leine bleiben! Jetzt kommen auch noch meine Freunde, ganz viele Pferde mit Menschen obendrauf. Am liebsten möchte ich sie alle mit einem Küsschen begrüßen. Frauchen hat aber Angst, dass sie mich treten.

So gemein sollen Freunde sein? Versteh ich nicht!

Und dann sehen wir Fuhrwerke mit Menschen obendrauf, die durchs flache Wasser – Ebbe sagen die dazu – an Land wollen. Von Neuwerk. Das ist die Insel da hinten. Die Leute auf den Wagen sehen alle so glücklich aus.

Leider beenden die Mädels mein Vergnügen und wollen den Hundestrand suchen, mit Auto, finden ihn aber nicht. Ist nicht schlimm, Verbotenes macht sowieso mehr Spaß.

Bei unserem Strand in Döse ist es eines Abends richtig schön windstill. Wir beschließen, mal im Watt herumzuplatschen. Die Mädels ziehen ihre Schuhe aus, ich nicht, hihi, brauche ja keine. Die Matsche kitzelt so schön zwischen den Zehen – bei allen. Also versuche ich auch, meinen Bauch ordentlich mit nassem Sand einzupacken. Gelingt mir gut!

Ein Wattwanderer meint: »Du Mops wirst aber schön dreckig hier!« Wieso das denn! Ist doch sauberer Sand.

Ich hopse und springe so doll, dass die Mädels auch ordentlich Spritzer abkriegen. Sie juchen vor Vergnügen. Irgendwo spielen Kinder im Matsch. Die meinen doch tatsächlich vorwurfsvoll: »Hunde dürfen aber nicht an den Strand!«

Ich begrüße sie lieber nicht. So was zu sagen! Wenn sie ihren Hund zu Hause lassen, ist doch nicht mein Problem.

Die Mädels wollen nach einer Weile wieder ins Trockene, kriegen kalte Füße. Was sind Menschen doch verpäppelt.

Zu Hause steckt mich Frauchen in die Dusche und ich bekomme eine Unterbodenwäsche. Der schöne Sand. Weg ist er.

Leute von heute

Manchmal schau ich vom Balkon, beobachte, was sich da unten alles so tut. Leute mit Hund lachen, weil ich zur Begrüßung mal belle. Schließlich bin ich höflich.

Und oben auf dem Deich treffe ich viele freundliche Leute. Die reden dann mit uns. Einmal sind da nette junge Leute mit kleinen Kindern. Ich liebe Kinder und fange gleich an, auf der Deichwiese die Kinder zu jagen. Oder jagen die mich?

Der Vater der Kleinen kriegt einen Lachanfall und hilft mit beim Herumtollen. Schade, dass Frauchen meine Leine nicht loslässt, sonst wäre es noch viel schöner.

Hach, das muss ich noch erzählen.

Beim Gassigehen spätabends fährt eine Frau auch im Fahrstuhl und guckt so verkniffen. Was hat die denn! Und dann, wir sind kaum draußen, keift plötzlich mit voller Lautstärke ein Weibsbild: »Welche Unverschämtheit, den Hund auf dem Rasen Geschäfte verrichten zu lassen.«

Wuff, was hat die denn? Ich war da noch nicht mal drauf. So schnell kann ich auch nicht.

Mein neuer Name

Susannes Handy bimmelt oft. Sie verschwindet dann in ihrem Zimmer und lacht. Der Schweizer ist dran und kontrolliert sie. Mein Frauchen zieht Susanne ordentlich auf. Äpfli, Häusli, Täschli! Bis die liebe Freundin etwas entnervt meint: »Renate, du machst das schon so wie meine Mutter!«

Frauchen platzt auf einmal raus: »Na gut, komm Eme ohne lie!«

Fortan heiße ich im Urlaub nun Eme ohne lie.

Alles hat ein Ende

Schade, der Urlaub geht zu Ende. Die Mädels packen alles ein, mich auch. In zwei Stunden gemütlich über die Autobahn sind wir wieder zu Hause und der alte Trott geht weiter. Ich schlafe wieder getrennt von Frauchen in meinem Körbchen in der Küche.

Ausflug in die Lüneburger Heide

Emelie in Bergen   2008

Welch ein Aufruhr! Was ist heute schon wieder los? Frauchen steht viel zu früh auf – eine ganze Stunde eher. Was soll das bloß!!! Und ich darf nicht mal mit auf die Küchenbank. Alles geht ruckizucki.

Hurra, ich kriege schon mein Essen und muss nicht so lange hungern. Und ab geht es in den Garten. Ich bin brav und erledige prompt meine Geschäftchen und Frauchen immer mit der Schippe hinterher.

Nanu, Besuch! Elke stiefelt über die Terrasse. Freu, freu! Die spielt immer so schön mit mir.

Und schon haben alle es wieder ganz eilig. Ich beziehe mein Quartier auf der Rückbank in Frauchens Auto. Elke fährt mit. Scheint wieder ein längerer Ausflug zu werden. Da quatscht dauernd eine Frau und sagt, wo wir lang müssen. Navi sagen die zu der. Ich sehe aber niemanden. Elke lacht jedes Mal lauthals los, wenn Navi uns ins Moor schicken will. Gut, dass die beiden noch ein großes Papier mithaben, wo Elke nachguckt, ob wir richtig fahren. Scheint so! Nach zweieinhalb Stunden kommen wir mit der Sonne im Handgepäck in Bergen an. Navi kennt sich da wohl nicht so gut aus und wir machen erst eine Stadtrundfahrt.

Dann sind wir bei Rosemarie und Wolfgang. Die kenn ich doch! Vom vorigen Jahr! Da waren die in meinem Zuhause. Wolfgang ist ganz enttäuscht, weil ich ihm heute keine Schuhbänder aufziehe und ihn damit an die Leine nehme. Ich schnupper lieber erst mal alles ab. In der Wohnung und in dem großen Garten. Ein Teich! Schlabber, schlabber! Schmeckt hier das Wasser toll. Machen das die grünen Frösche?

Rosemarie kocht für die Großen ein leckeres Essen, und ich muss zugucken, ganz von unten, darf nicht auf die Bank. Was sind die gemein!

Dann machen wir vier Mädels einen Spaziergang. Elke befreit mich von der lästigen Leine, und ich lege Frauchen rein. Tu so, als wäre ich noch dran, acht Meter Entfernung, kein Stück weiter.

Rosemarie sagt dann dauernd: »Wir gehen über verbotenes Gelände, hoffentlich kommt keine Polizei.« Da sind Bahnschienen und ein Waggon. Nix Polizei oder Lokomotive! Ich schnupper mal hier, mal da. Brrrh! Der Wind pfeift aber kalt. Und dann entdecken die Mädels viele, viele leckere Brombeeren. Rosemarie erbarmt sich und gibt mir was ab. Ich kann gar nicht genug davon kriegen.

Frauchen ist ein wenig kaputt von der Plackerei und erholt sich ein Viertelstündchen in Rosemaries Schlafzimmer. Ich bleibe erst mal bei ihr und warte. Wo bleibt der Rest des Rudels? Ich muss doch alle zusammenhalten. Also hin zu den dreien! Elke schnappt mich und krallt sich an mir fest. Ich soll Frauchen in Ruhe lassen.

Und wer lässt mich in Ruhe?

Endlich steht Frauchen wieder auf der Matte. Was bin ich glücklich und hänge auf ihr rum.

Die Großen kriegen dann Kaffee und Kuchen und ich endlich meinen Mohrrübenbrei.

Unterm Kaffeetisch spiele ich erst mal Staubsauger. Wie sieht das hier denn aus! Überall Krümel, lecker. Hmh!!! Da habe ich mächtig viel zu tun, und dauernd fällt noch was runter. Rosemarie freut sich diebisch. Warum wohl?

Wir toben noch ein wenig im Garten. Ich markiere auf dem Rasen. Auch Rosemaries und Wolfgangs Rasen muss mal gedüngt werden.

Schon wieder Aufruhr?

Auf geht's! Gegen 17.00 Uhr darf ich wieder ins Auto und penne und penne. War das anstrengend! Navi sagt mal wieder, wo's lang geht. Leider ist die Fahrt nach zwei Stunden vorbei. Wir sind wieder zu Hause. Und Elke muss ganz schnell nach Steinfeld zu ihren vier Hundis.

War das mal wieder ein schöner Tag!

Es weihnachtet sehr!

Auf den Tannenspitzen
sah ich bunte Mopsleins sitzen!

November/Dezember 2008

Hallo Freunde nah und fern,
 also, ihr wisst ja, dass ich Frauchen als meine Sekretärin angestellt habe. Wenn sie weiter so faul ist, muss ich sie wohl entlassen. Ich hab schon selbst versucht zu schreiben. Aber sie findet das nicht so prall, wenn ich in die Tasten trete. Könnten ja paar Härchen zwischenkommen!

Ende November fällt Schnee in Massen.
 Schon zum Gassi gehen Samstagnacht. Ich denke, wo ist die Treppe geblieben? Vorsichtig taste ich mich in den Garten hinunter. Igittigitt!!!! Da kriege ich ja einen kalten Hintern. Mir fällt noch rechtzeitig ein, mich unter die Büsche bei der Terrassenmauer zu schlagen. Geht doch! Hier ist nichts Weißes.
 Den ganzen Sonntagmorgen kommen dicke Riesenflocken vom Himmel getrudelt. Das ist mir überhaupt nicht geheuer. Mittags liegt eine superdicke nasse Schneedecke und Frauchen sagt nun: »Jetzt muss ich aber mal die Wege suchen.« Sie bewaffnet sich mit Schneeschieber und Gummiabzieher. Ich bleibe lieber im Warmen und schaue zu. Wie kann man freiwillig nur darin herumtreten!
 Nachmittags meint Frauchen, wir müssten unbedingt noch eine Runde laufen. Wir??? Oder sie? Sie verschleppt mich Richtung Stadtpark. Ich sträube mich mit allen vieren. Ich will nicht aussteigen. Meine Güte, ist die heute hartnäckig. Sie zerrt und zerrt. Na ja, ich lasse sie gewinnen. Dann setzt sie mich doch tatsächlich in diese Matsche. Angeekelt ziehe ich meine Beinchen in die Höhe und steige über die Autospuren. Oh, am Haus ist alles trocken! Nichts wie hin. Ich spurte los und zerre sie hinter mir her. Dann sind wir im Stadtpark und ich vergesse, dass ich eigentlich keinen Schnee mag. Übermütig tolle ich ein paar Runden.
 Aber dann haben wir das Schnäuzchen voll und es geht wieder in unser warmes, gemütliches, trockenes Zuhause.

Am nächsten Tag fahren wir aber wieder nach Hopen. Frauchen sagt: »Da ist jetzt sicher der Weg plattgetreten.« Stimmt! Das macht nun mehr Spaß.

Einmal vertue ich mich aber mächtig. Ich will markieren. Ein Schneehäufchen mit Laub obendrauf. Ich setze mich. Huch, mein Zipfelchen hängt im nassen Kalten. Da stelle ich mich doch kurzerhand auf die Vorderbeinchen und pinkle im Handstand. Frauchen kriegt einen Lachanfall. Ich weiß gar nicht, warum? Könnte sie doch auch mal ausprobieren. Geht doch prima!

Im Schnee bin ich mit meinem schönen echten Fell fast nicht zu sehen, und nachmittags wird es ziemlich früh dunkel. Frauchen sieht mich kaum, vor allem, wenn ich mich im Gebüsch verstecke und viele Zeitungen lese.

»Da schaffen wir Abhilfe«, sagt sie. Ich kriege eine hellgrüne Schutzweste mit Reflektierstreifen und so. Finde ich total schick. Und alle Leute, die wir treffen, bewundern mich noch mehr. Na, du kleiner Mopsi, sagen sie. Ich mache dann noch größere Kulleraugen und schaue ganz lieb. Und dafür gibt es ganz viele Streicheleinheiten.

Ein schönes Weihnachtsfest und einen guten Rutsch ins neue Jahr wünschen euch
Fräulein Emelie und Frauchen Renate

Klettermops   Winter 2008/2009

Seid ihr schon mal an einem gefällten Baumstamm raufgeklettert? Versucht es doch mal! Dumme Frage, wie?

Ihr könnt das doch gar nicht. Ich bin nämlich viel größer, die Größte.

In Hopen hinter dem Bahndamm liegen auf der Wiese drei ganz dicke Eichenstämme. Meist jumpe ich mit einem Satz in die Mitte drauf.

Wenn mir nach übermütigen Turnübungen zumute ist.

Wir sind mal wieder mit Patrick und Kea unterwegs. Kea kann ganz doll springen und Bälle und Stöckchen apportieren. Kea also rauf auf den Stamm und ich hinterher! Irgendwie vertue ich mich und erwische die dicke Endstelle. Ups, da hänge ich an der Eichenrinde.

Kurz überlegt!

Fallen lassen? Nö!

Ich muss schnell handeln, sonst hänge ich wie ein nasser Lappen noch morgen dran. Ich kralle mich fest, hab dafür ja auch Zehen mit langen Nägeln, und kletter einfach rauf.

Schließlich sagt Loriot: Mopse sind keine Hunde, eher Katzen.

Frauchen staunt nicht schlecht.

Und weil das so gut geht, probiere ich es auch mal in der Mitte des Stammes. Erst mal fühlen, wie die Rinde ist, und dann nichts wie raufgeklettert. Climbing macht Spaß. Meine Stollenfüßchen sind dafür prima geeignet.

Lernfähig

Wir haben Besuch. Endlich wieder was los in der Bude! Ich kriege Streicheleinheiten und spiele ganz viel. Mein Frauchen hat eine schwache Blase, sagt sie, und verschwindet im Bad.

Was soll das denn?

Die Tür einfach rangemacht! Wie soll ich da auf das Rudel aufpassen? Zum Glück nicht eingeklinkt! Da muss ich wohl selber ran.

Meine Hilfe suchenden Blicke sieht keiner.

Mit meinen dicken Patschpfötchen plage ich mich ab und schiebe die Tür zu mir hin auf.

Geschafft!

Begeisterung allerseits! Was werde ich gelobt! Weil ich so ein kluger Mops bin. War doch eine leichte Übung. Habe ich mir bei Frauchen abgeguckt. Die nimmt auch ihre Hände zum Türöffnen.

Allerdings in die Küche hinein geht es leichter. Da brauche ich nur gegen springen, und schon geht die Tür auf.

Treppeneroberer Frühjahr 2009

Frauchen schleppt mich seit zwei Jahren in einem schicken Korb nach oben in die Wohnung, wenn sie länger was mit dem Computer zu tun hat. Die Holztreppe ist glatt und bei den Stufen kann man durchgucken.
   Huch, was gruselt mich das!

Am Dümmer Aussichtsturm bin ich mal ganz tapfer und steig mit Elke ein paar Stufen hoch. Aber da ist es auch nicht glatt, und zwei Frauchens passen auf mich auf.

Jetzt bin ich schon zwei Jahre und zwei Monate alt.
   Und Frauchen sagt eines Tages: »Wenn nicht jetzt, dann nie!«
   Und sie klebt Stufenmatten auf unsere Treppe und legt Leckerlis aus. Wie soll ich da widerstehen! Wo ich immer so hungrig bin!
   Also vorsichtig Stufe für Stufe hinauf. Frauchen steht mir bei, falls ich es doch mit der Angst kriege. Ich bin aber tapfer. Kann meine Zunft doch nicht blamieren. Wir sind mutig. Ich schaffe es bis oben.
   Und runter geht es auch prima. Macht Spaß! Jede Stufe inspiziere ich, luge durch alle Löcher und Ritzen. Schöne Aussichten!
   Ab und zu streike ich auch und bleibe stur auf der drittobersten Stufe sitzen. Dann darf Frauchen mich mal wieder im Korb nach unten tragen.
   Die hat gut reden mit ihren langen Beinen. Die Stufen sind fast so hoch wie ich. Vergleicht es mal mit euch im Kriechgang! Da könntet ihr euch auch verrenken, um Stufen zu erklimmen, die so hoch sind wie ihr in gebückter Haltung.

Striptease

Manchmal überkommt mich richtig der Übermut.

Frauchen streicht im kleinen Schlafzimmer die Tapeten und denkt, ich sitze brav und gucke zu.

Denkste! Die Tür zum anderen Schlafzimmer ist nur angelehnt. Ich hinein und kann mich schön austoben. Rauf aufs Bett! Da sitzen zwei kleine Puppen. Runter mit ihren Perücken! Huch – skalpiert! Ich kaue an den Haaren herum, schmecken nicht besonders.

Brrrhhh!!!

Dann lieber ran an die Kleider. Versuche, die Puppen auszuziehen!

Bin ich ein kleiner Perversling!!!

Irgendwie bekomme ich die Klamotten nicht runter. Sitzen zu fest. Aber nächstes Mal! Das nehme ich mir vor.

Frauchen kriegt Zustände, als sie die Bescherung entdeckt.

Aber heimlich lacht sie doch – glaube ich.

Wassergeschichten

Im Sommer 2008 gehen wir mit Elke in Steinfeld in den Wald. Da rauscht ein toller Bach, die Stroth's Bäke. Und mir ist schrecklich heiß. Was patscht sich das schön im kühlen Nass.

Elke balanciert auf die andere Seite des Wassers.

Und ich!!!

Wird das ein Spaß! Ich jage nun von Frauchen zu Elke durch den Bach. Immer hin und her, dass es nur so spritzt.

Einmal ruft Elke: »Emelie, hier!«

Dann ruft Frauchen: »Hier, Emelie!«

Und sie sagen: »Wir spielen Hase und Igel.«

Der Sand im Wald ist schön staubig und schwarz. Frauchen hat eine helle Hose an, was sage ich, hatte …!

Kicher! Warum treiben die auch so Spielchen mit mir.

Da gibt es noch so viele Wassergeschichten.
Wir fahren bei schönem Wetter am Wochenende oft an den Dümmer See und spazieren auf dem Deich entlang. Und weil im Dümmer so viel Wasser ist, vergisst Frauchen, mein Trinkwasser mitzunehmen.
Mir hängt vielleicht die Zunge aus dem Hals. Die Sonne brennt auf meinen Pelz. Und keine Möglichkeit, zu schlabbern. Am See dichtes Schilf, auf der anderen Seite des Deichs alles trocken. Da, endlich ein Bachgerinnsel. Ich nichts wie rein. Zähe schwarze Pampe an meinen Füßen, an meinem Bäuchlein und nur wenig zu saufen. Oh, oh, sind die Mädels entsetzt.
»So kannst du aber nicht ins Auto!«
Elke hat eine tolle Idee. Ich werde einfach ins Waschbecken beim WC vom Lokal Schomaker gesetzt und kriege eine ordentliche Unterbodenwäsche. Dabei kichern die Mädels albern wie kleine Schulmädchen.
Ich bin aber sauber, abgekühlt und durstgestillt.
Das könnten wir öfters haben, denke ich.

Schlaues Mopsmädchen

Beim Dümmersee riecht es immer so gut und anders. Aber ich darf nicht überall hin. Gegenüber vom Café liegt der Spielplatz. Und da sind so viele Kinder. Ich liebe Kinder!
Der Eingang ist mit komischen rollenden Eisenstangen ausgelegt.
Damit unsere Zunft gehindert wird, dort zu spielen?
Hach, Mopse kann man nicht behindern.
Ich entdecke am Rand eine schmale Übergangsstelle. Und – schwupps – bin ich drüber.
Empörtes Gekreische von humorlosen Erwachsenen!

»Was macht der Hund da!«
Na, was wohl? Schnuppern!!!
Genervt trete ich den Rückzug an. Balanciere ein wenig auf den Rollen. Entscheide mich aber für den bequemeren Weg am Rand.

Staubsauger

Manchmal spiele ich Staubsauger. Das bringt Spaß. Frauchen fegt in der Küche die Krümel und meine Härchen zusammen. Ich schnaube und puste einmal kurz in das Häufchen hinein, dass alles auseinanderfliegt.
Hm, lecker!
Noch so viele verwertbare Krumen. Und ich brauche nicht die ganze Küche absuchen.

Am schönsten ist es aber in den Cafés. Was da so alles unter dem Tisch liegt! Frauchen sagt dann: »Na, machst du wieder alles sauber. Da brauchen wir eigentlich nichts zahlen, wenn du putzt.«
Manchmal fällt ein wenig von Frauchens Teller.
Ob sie das extra macht? Ich liebe Kuchen!

Handtuchhalter

Schöne Bescherung

Es weihnachtet 2009. Wir fahren am ersten Feiertag zu Ulla, meiner liebsten Freundin. Draußen ist grausliges Wetter mit Sturm und Regen. Frauchen verzichtet auf den Spaziergang. Wir wollen schließlich sauber und trocken sein.

Was freue ich mich, springe an Ulla hoch, quieke vor Vergnügen, inspiziere die Wohnung.

Das Beste aber, Frauchen hat meinen Lieblingsknochen zum Knabbern mitgenommen. Da liege ich nun platt im Wohnzimmer und kaue hingebungsvoll. Und Ulla muss dauernd einen Bogen um mich herum machen. Die Frauchens trinken nämlich Kaffee und knabbern an Keksen.

Ich muss mich beeilen, sonst kriege ich von deren Köstlichkeiten nichts ab. Schluck, schluck und ich habe die Straußensehne weg.

Sehnsuchtsvoll mit großen Kulleraugen hypnotisiere ich mein Frauchen.

Geht doch! Es gibt Krümel!

Als die endlich fertig sind, darf ich auf Frauchens Schoß.

Es wird 16.30 Uhr. Meine Blase meldet sich, und ich gebe die Meldung an Frauchen weiter.

Ich darf an der Leine in den Garten.

Igitt, immer noch Schietwetter!

Schnell eine Ecke gesucht und hingesetzt. Ich sitze und sitze.

Und die Frauchens freuen sich und loben mich: »Was hast du ein feines Pfützchen gemacht!«

Ich lasse meine Pfötchen putzen, damit Ullas heller Teppich keine Tapsen abkriegt. Am liebsten möchte ich nun aufs Sofa. Aber woanders darf ich das nicht. Ich muss mit den dürren Beinen meines Frauchens Vorlieb nehmen. Macht nichts, ich sitze warm und döse vor mich hin.

Auf einmal mein Frauchen: »Was ist das denn!«

Und sie fummelt an mir rum.

Upps! Ich bin von der Kälte aufgetaut und habe den Rest aus der Blase auf dem Hosenbein ausgebreitet.

Die Mädels kriegen einen Lachanfall.

Ich finde das gar nicht komisch, ist mir irgendwie peinlich.

Frauchen sagt: »Emelie, du bist wie eine ausgelaufene Wärmflasche, erst wird es warm und dann kalt.«

Matsche

Mit Elke ist es immer lustig.

Was haben wir einen schönen Sommer 2009! Heiße Tage wechseln mit angenehmen ab.

Da hat Elke die richtigen Ideen. Irgendwer erzählte, am Dammer Bergsee wäre ein herrlicher Sandstrand. Also nichts wie hin!

Wir kämpfen uns auf einem Schleichweg den Hang hinauf.

Wir? Haha! Die Frauchens! Elke voran.

Ich möchte ja schneller, aber die Leine bremst mich.

Oben geht ein Weg rund um den See. Wir wollen aber runter.

Frauchen jammert: »Nicht so schnell, ich hab doch nur Sandalen an!«

Und: »Huch, hoffentlich gibt es keine Schlangen im Gestrüpp!«

Die stellt sich mal wieder an, denke ich. Warum zieht sie nicht feste Schuhe an wie Elke! Und was sind Schlangen! Ich kenne nur die vor der Kasse.

Endlich Wasser in Sicht! Aber wo ist der Sand! Nur eine getrocknete und gerissene feste Lehmschicht.

Die Frauchens balancieren vorsichtig um Gänsekacke. Nur ich freue mich über Schlabberwasser und die weiche Pampe dort. Macht mir nichts aus. Im Gegenteil! Krieg ich halt Lehmstiefelchen.

Die großen Mädels sind mächtig enttäuscht. Aber ich springe, hüpfe … und jage Federn.

Ist das herrlich weich im Lehm! Erinnert mich so an Cuxhavener Ebbe. Die Großen sind Spielverderber, kommen einfach nicht mit in den Schlamm.

Elke muss mal in die Büsche. Frauchen schaut den Gänsen nach. Und Elke beobachtet mich – wie immer.

Und ich? Ich nutze die Gelegenheit. Da, da sieht es doch prächtig aus. Also mit einem Satz hinein in das vermeintliche Wasser und genauso schnell wieder raus. Wie ein Flummi! Ich werde von dem Untergrund in hohem Bogen wieder ausgespuckt.

Mopsgeschoss!

Man will mich nicht haben.

Elke kriegt einen Lachanfall. Ihr Lachen ist so ansteckend, dass Frauchen mitgackert. Sie weiß zwar nicht, warum. Hat nichts gesehen. Nur, dass ich nun rundum lehmpampig eingeschmiert bin.

Wir kämpfen uns durchs Dickicht, dick und dünn, zurück zum Auto.

Oha! So darf ich nicht auf den Rücksitz.

Ich werde mit Papiertüchern gerubbelt und bearbeitet. Nützt nicht viel! Das meiste ist festgetrocknet. Und mein Frauchen setzt dem Ganzen noch eine Krone auf.

»Emelie, du kleine Lehmkugel, man könnte dich glatt braten. Die Zigeuner pampen Igel ein, graben ein Loch und lassen das Tierchen gar werden.«

Pöhh, die hat's heute aber drauf, denke ich.

Zu Hause werde ich draußen erst mal eingeweicht. Da steht meine Schlabber- und Badewanne. Der Groblehm verschwindet von meinem Fell und färbt das Wasser ein. Endlich darf ich ins Haus. Aber die Prozedur geht weiter. In der Dusche werde ich auch noch einschamponiert, gewaschen, getrocknet.

Welch ein Aufstand um nichts, überlege ich, wäre doch alles von alleine abgefallen … auf meinem Kissen … in meinem Körbchen … auf der Couch … auf den Teppichen … auf?????

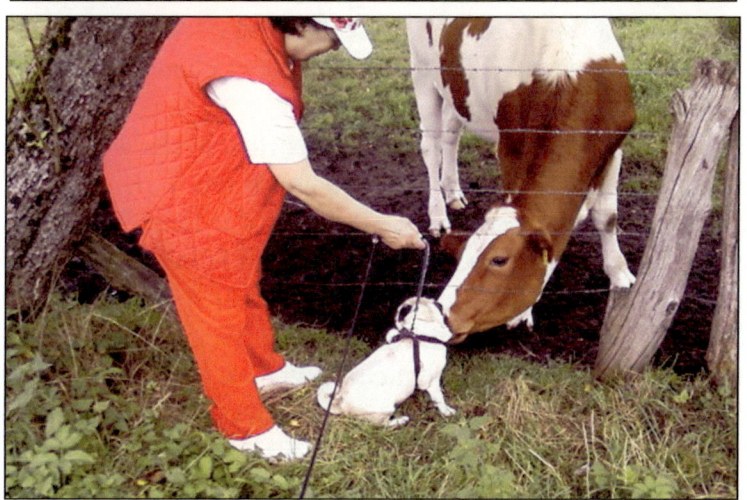

Auf Ihorster Weide steht eine Kuh
und zwinkert Emelie zu:
Mopswäsche gefällig, süße Maus?
Siehst danach noch leckerer aus.

Ich übe

Ratet mal was!
 Bloß, weil mein Frauchen Lehrerin ist.
 Meint ihr, sie bringt mir was bei, und ich löse die Aufgaben!
Nöööö!
 Habe ich mir selber ausgedacht!
 Ich schaue hier, ich schaue dort. Warum heben die Jungs immer das Bein und pinkeln? Sitzen ist doch viel gemütlicher.
 Hoppla, aber auch nicht immer. Vor allem im hohen Schnee! Da friert ja gleich was an.
 Ich entdecke einen schönen Baumstumpf, hebe mein Hinterbeinchen und stelle es elegant darauf. Hach, geht doch. Zielsicher gepieselt.
 Und Frauchen freut sich und freut sich und … Warum bloß?
 Ist das eine feine Sache! Das muss ich weiter üben.
 An einem Baum riecht es so gut.
 Welcher Freund hat denn hier eine Nachricht hinterlassen? Da muss ich was drübersetzen und schreiben, dass ich hier war.
 Ich stelle mich dicht an den Baum, hebe das Bein. Upps, was war das denn! Ich verliere das Gleichgewicht und falle fast um. Frauchen kichert. Ich finde das gar nicht lustig. Schließlich übe ich noch.
 Schaut, dort ragt ein Zweiglein mit einem Blatt dran aus dem tiefen Schnee! Hier muss ich unbedingt einem Freund ein Brieflein hinterlassen. Ich hebe mein Bein. Und damit ich nicht umfalle, stütze ich es auf dem Blatt ab. Mein Bein zittert, das Blatt zittert. Aber mein Strahl trifft.
 Hurra, ich bin nicht umgekippt.
 So, das kann ich nun.
 Frauchen lästert immer und sagt: »Emelie macht alles nur dreimal und dann zeigt sie uns den Vogel – sinnbildlich – nach dem Motto ‚macht doch selber mal'.«

Wie das wohl aussieht, wenn Frauchen das Bein hebt!

Cuxhaven 2009

Oh, oh, es ist wieder so weit. Welch ein Aufruhr! Acht Tage lang schleppt Frauchen Sachen zusammen. Taschen, Täschchen, Tüten.
Ziehen wir aus? Nein, wir verreisen.
Drei riesige Reisetaschen stehen im kleinen Schlafzimmer. Zwei davon haben Rollen, eine nicht – und das ist meine.
Wie soll ich denn damit fahren, wenn keine Räder darunter sind! Frauchen rollt mit ihren davon, und ich! Nimmt sie mich in meiner Tasche auf den Schoß und auf geht's?
Nöö, sie packt allen möglichen Kram hinein, bis kein Platz mehr ist. Aha, ich verstehe. Der ganze Kram kommt in den Kofferraum und wird dorthin gerollt und ordentlich zusammengestaucht, damit Susanne genug Platz für ihr Gepäck hat. Aber diesmal hat die gar nicht viel. Kicher!!!
Juchhu, wir fahren wieder nach Cuxhaven-Döse. Immer auf der Autobahn.
Einmal machen wir Pipipause. Und weil die Frauchens nicht ganz sicher sind, wo das voriges Jahr war, erwischen wir etwa 45 Kilometer vor Cux den Parkplatz.
»Igitt«, sagen die beiden großen Mädels, als sie vom WC kommen, und halten sich noch die Nase zu.
Versteh ich nicht, für mich ist so ein »Duft« das Höchste.
Und ich darf nur auf die Wiese. Weiter nicht, wo ich doch so gerne mal an dem WC schnüffeln möchte.

Dank der Tante im Navi finden wir die Kurpark Residenz sofort. Wenn die Navi nur nicht so unverhofft laut schreien würde!

An der Rezeption ist man ganz nett zu uns. Wiederholungstäter kriegen einen Schlüssel für Strandkorb W 23. Und wir dürfen schon in die Wohnung, obwohl es noch nicht mal 14.00 Uhr ist.

Boahh, ist im Apartment dicke Luft. Wir drei Mädels kommen mächtig ins Schwitzen.

Beeilung bitte mit dem Auspacken und dann ab auf den Deich! Hier weht wenigstens ein Lüftchen.

Beim Messeplatz machen wir nun jeden Tag Station, mittags und abends. Da sind an der ganzen Straße lang Fress- und Saufbuden, wie sich die Mädels unfein ausdrücken. Die schlürfen Veneziano (Prosecco mit so was wie Campari) oder stemmen Duckstein. Manchmal auch zwei. Und Toiletten sind auch dort, entdeckt Frauchen. Die hat es manchmal ziemlich eilig und lässt mich einfach zurück bei Susanne.

Während die Mädels herumsitzen, knabbere ich gemütlich an einem Stinkeknochen und schlabber Wässerchen aus einer Schüssel. Die netten Bedienungsdamen stellen mir dann schon freiwillig einen Napf hin. Der ist so groß, da könnte ich glatt drin baden. Mach ich aber nicht.

Meine beiden Frauchens essen dort bei den Buden auch immer lecker Fisch oder Meeresfrüchte. Ich hypnotisiere dann so lange, bis ich Bröckchen abkriege. Wenn die nichts mehr haben, probiere ich das Hypnotisieren bei fremden Leuten. Die sind dann immer ganz entzückt.

Aber Frauchen erlaubt nicht, dass sie mir was abgeben.

So eine Gemeinheit!

So geht das nun jeden Tag. Sonne, Sonne, Sonne! Und heiß!!!

Und ich habe noch meinen dicken Winterpelzmantel an. Also beschließe ich, ihn auszuziehen. Überall fliegen Haarbüschel herum. Frauchen meint, ich sehe nach Mottenfraß aus.

Warum hat sie auch nicht die Drahtbürste eingepackt, um mich von lästigem Unterfell zu befreien.

Oh, ist mir immer warm.

Ich röchle, hechle und mache auf sterbenskrank. Wenigstens ist sie so clever und lässt schönes kaltes Wasser für mich in die Duschwanne. Da patsche ich drin herum und kann mich abkühlen.

Manchmal ist sie lernfähig.

Wir Mädels spazieren auch manchmal an den Strand. Natürlich abends, wenn die Bewachung fort ist.

Touristen mosern uns an.

»Das wird aber teuer, wenn man euch erwischt«, sagen sie und meinen Strafe. Hunde dürfen nämlich nicht an den Strand. Dabei ist abends immer Ebbe.

Ich hopse im weichen Sand herum und drehe meine drolligen Fünfminuten-Kreise.

Ist das schööön!

Ich beiße vor Freude in das weiche Warme hinein. Das war's wohl nicht! Nichts zum Essen, Herumzerren oder Spielen. Oh, was muss ich husten und husten. Dabei belle ich wie ein Hund. Und dann sagt auch noch Susanne zu Frauchen: »Emelie hört sich an, wie du morgens beim Zähneputzen!«

Aber sie sind ganz besorgt um mich. Ich glaube, ich huste mal ein bisschen weiter auf Mitleid. Ich darf mit in den Strandkorb und kriege Wässerchen zum Trinken und werde so richtig betuttelt.

Wir Frauchens wollen uns mal richtig Matschfüße holen und quatschen in der Pampe rum. Die quillt so kitzlig durch die Zehen und macht Geräusche. Zu weit weg wagen wir uns aber nicht, weil es Schlickfelder im Watt gibt.

Wasserstellen!

Brrrh, schmeckt das Wasser komisch!

Und weil die Sonne noch so schön scheint, machen wir es uns wieder im Strandkorb gemütlich. Ich darf so sandig und nass zwischen meine Mädels in den Korb. Ist das herrlich! Ich wage ein Nickerchen.

Schade, acht Tage gehen so schnell rum!

Schon fängt das Gewusel mit den Taschen wieder an. Jetzt aber schneller! Und alles ist im Auto verpackt, einschließlich uns.

Die Tante Navi lotst uns gut aus Cuxhaven. Vor uns jagt ein PKW mit offenem Seitenfenster. Da schaut doch tatsächlich ein Hund heraus. Was sind wir Frauchens empört darüber.

Ich, weil ich so was nicht darf, und die beiden schreien nach Tierschutz.

Tante Navi wird vor Bremen wieder komisch und schon sind wir runter von der Autobahn. Wer hat da nun nicht aufgepasst! Hinter Delmenhorst endlich wieder auf der Straße, wo man eigentlich ganz schnell jagen kann. Wie ich das liebe! Langsam ist doof, deshalb beschwere ich mich auch meist und quieke.

Na, dann bis zum nächsten Urlaub!

Überraschung   Bergen 2009

Heute ist Montag, der 24. August, und ein wunderschöner Sommertag. Frauchen und Susanne düsen mit mir nach Bergen in die Lüneburger Heide. Um 9.00 Uhr holen wir unsere Freundin im Telgenweg ab.

Was ich mich freue!

Die Navitante will uns wieder ins Moor lotsen. Wir fallen aber nicht drauf rein.

Kurz vor Nienburg ist – o weh – eine Baustelle mit Endlos-Umleitung. Irgendwie schnallt die Frau Navi das nicht. Bei Schwarmstedt sind wir alle aus dem Konzept.

Was heißt, wir alle! Ich bin die Ruhe selbst. Autofahren ist doch so schön!

Frauchen fährt dann nach Instinkt immer Richtung Winsen oder so.

Klappt doch! Endlich mal eine andere Landschaft!

Um 11.40 Uhr landen wir verspätet bei Rosemarie und Wolfgang.

Die Frauchens laden viele Sachen aus dem Auto aus, auch mich.

Was habe ich einen Durst! Ich zerre mein Frauchen an der Leine hinter mir her. Im Galopp geht es in den Garten. Den Weg habe ich mir gemerkt. Da ist doch ein Teich auf der Terrasse. Nichts wie hin! Und Kopf in das Wasser. Schlapp, schlapp! Vor Schreck springen die Frösche davon. Versteh ich nicht, ich esse doch keine Froschschenkel, igittigitt.

Nur die schöne Seerose kümmert das Ganze nicht.

Da stehen nun die Menschlein herum, und Frauchen schießt mal wieder Fotos – zur Dokumentation.

Rosemarie hat schon früh das Essen fertig. Mein Frauchen behauptet: »Ich bin noch satt.«

Na, sie vielleicht, aber wir anderen?

Vor allem ich.

Susanne muss unbedingt *das Rezept vom lauwarmen Kartoffelsalat* haben:
Festkochende Kartoffeln mit Brühe (aus Essig, Wasser, zerlassenem Speck, evtl. etwas Öl) übergießen.
Nachtisch: gefrorene Himbeeren oder Erdbeeren, 200 g Magerjoghurt, Schlagsahne tags zuvor schichten, kalt stellen, vorm Servieren viel braunen Zucker drüberstreuen.

Und weil es doch schön warm wird, zu warm in meinem Pelz, machen wir Weiberleut einen gemütlichen Gang in den Park. Der Wind weht ganz schön heftig um die Nase. Und manchmal knackt sogar ein Ast runter. Zum Glück werden wir nicht getroffen.

Ich labe mich mal am Wasser vom Mühlenteich. Vorher mache ich aber lieber die Pfötchenprobe.

Was das ist?

Na, ich teste, wie tief das Wasser ist.

Mit der Vorderhand. Wasser darf höchstens bis zu meinem Bäuchlein reichen. Will ja nicht baden gehen, nur meinen Durst stillen bei so einem Wetter.

Wir schleichen dann auch schön im Schatten zurück in unseren Besuchsgarten und machen es uns unter riesigen Bäumen gemütlich. Die Menschenleut quatschen über dies und das. Und ich unterhalte mich derweil mit Nachbars Schäferhund.

Dann kriegen wir Besucher wieder Speis und Trank. Ich meine Mohrrübenpampe, und die die lecker Torte: Mürbteigboden mit einer dicken Schicht Heidelbeersahne.

Da kann mich nichts mehr halten und – schwupps – springe ich auf die Eckbank.

Ich glaube, Rosemarie mag das aber nicht so gerne.

Na ja!!!!!!!

Um 17.00 Uhr machen wir uns abreisefertig. Ich bin auch schon ganz schön müde und möchte in mein Kuschelbettchen im Auto.

Die Frauchens reden nicht viel, auch die Navitante quasselt kaum dummes Zeug. Um 19.30 Uhr sind wir wieder heil und ohne Zwischenfälle in Lohne.

Winter – ade

Huch, ist das ein Winter (2009/2010)!

Schnee, Frost, Tauwetter, Glatteis, Schnee drauf.

Und es nimmt kein Ende, geht bis weit in den Februar. Und auch noch in den März.

Frauchen beeilt sich, fertigt ein Kleidchen für mich. Sie trennt eine Kinderpudelmütze am Pudel auf.

Wieso ein Pudel, ich bin doch ein Mops!

Dann häkelt sie in passendem Dunkelrot Lätzchen und Träger zum schicken Streifenbody.

Als es richtig kalt wird, schafft sie es sogar, die Teile zusammenzunähen.

So richtig gefällt uns das noch nicht. Also gehen wir einkaufen.
Viele bunte Knöpfe.
Jetzt passt's!
Und die Leute sagen zu mir: »Hast du ein schönes Kleidchen an.«
Und Frauchens Kommentar: »Oh ja, Marke Eigenbau, und am teuersten sind die Knöpfe.«
Wieso das denn, ich bin doch ihr Teuerstes.
Manchmal zieht sie mir auch mein grün-orangefarbenes Mäntelchen an mit einem molligen Streifen unter meinem nackten Bäuchlein.
Mein Frauchen hatte die Idee und mit Klettverschluss das warme Teil genäht.
Ich bin so stolz auf meine Einfallsreiche.
Draußen liegt dick Schnee. In den ersten beiße ich noch hinein, als die Silvesterknaller so schön böllern.
Aber dann wird es nur anstrengend. Wir sind trotzdem zweimal am Tag in Hopen.
»Dort ist kein Salz gestreut«, sagt Frauchen.
Und meine Pfötchen gehen nicht kaputt.
An einigen Tagen nimmt sie ein Tütchen mit. Da ist Katzengranulat von meinem Pipiklo drin. Sie streut es an manchen Stellen so vor sich hin.
Soll ich etwa dahin pinkeln?
Nö, das ist für sie, damit sie auf dem Glatten nicht so herumeiert.
Ich bin so stolz … ach, das hatten wir schon!
Sie kauft dann in so einem orthopädischen Laden Spikes für ihre Stiefel.
»Damit rutscht man nicht so«, sagt sie und lässt die Dinger den Restwinter dran. Auf Trockenem kratzt und klappert das ganz schön … scheußlich.
»Was soll's«, sagt sie. »Hauptsache, fast rutschfest auf Glattem.«
Sie geht aber dennoch vorsichtig, schließlich hat sie Verantwortung für mich.

Nachmittags muss ich jetzt immer so früh aus meinem warmen Bettchen. Es wird nämlich schnell dunkel, und wir müssen vorher die Runde schaffen.

Gähn!!!

Ich zittere und friere oft erbärmlich – trotz warmer Kleidung. Und dann steht Frauchen auch noch mit anderen Frauchens zusammen. Und sie quatschen über den Schnee.

Ich zittere dann extra.

Oh, sie erbarmt sich und nimmt mich auf den Arm.

Ist das schön! Ich kuschel mich in ihren Daunenjackenärmel. Und was habe ich hier oben für einen tollen Ausblick.

Ätsch, ihr anderen großen Gefährten-Hunde.

Jetzt bin ich die Größte!

Cuxhaven 2010

Hurra! Hurra!

Es geht wieder los!

Die 8tägige Taschenpackerei vorher kennt ihr ja schon.

Immer dieser Aufstand! Dabei könnte man in Cuxhaven vieles kaufen.

Ich freu mich schon so, dass ich nachts ein Geheul und Gequieke anfange. Muss Frauchen mit Vorfreude nerven.

Hilft! Ich darf in Lohne schon ins Schlafzimmer.

Und am Morgen geht es auch noch früher raus.

Es bimmelt an der Haustür. O je, unsere Nachbarn »Homesitter«! Sie sind auf dem Campingplatz und können nicht jeden Tag Blumen gießen.

Frauchen springt in ihre Klamotten und fragt die Mieter nebenan.

Und ich nutze die Gelegenheit. Schwupps entwische ich, sause über den Wendeplatz zu den Bauarbeitern und Frauchen empört hinter mir her.

Welch ein schönes Spiel!
Nur die Arbeiter spielen nicht mit. Keine Streicheleinheiten.
Dafür krieg ich bei Susanne aber mehr, von ihr und von Michael. Und Pipi darf ich auch noch auf den Rasen machen.
Susanne sagt immer »püschern«. Das Wort kenne ich noch nicht. Also reagiere ich auch nicht drauf.
Um 10.45 Uhr düsen wir los.
Und die Navitante und das Ding »Flaschengeist oder Kastengeist«, wo sie drin ist, nerven. Dauernd sollen wir irgendwo abbiegen oder drehen. Kann die nicht mal gescheit ihre Autokarte lesen!
Und ihr Flaschenkästchen macht Geräusche wie »ding«, »dingdong«, »pling«. Doofe Dschinni! (Flaschengeist)
Schrecklich, dauernd schreckt man auf.

Cuxhaven in Sicht.
Die Frauchens halten Ausschau nach einem Rastplatz.
Und wieder vertun sie sich. Kein Schatten. Und die Sonne brennt. Kein WC. Nur Büsche und Trampelpfade. So 20 Kilometer vor Cux.
Die Mädels verdünnisieren sich in die Büsche. Und eigentlich will ich hinterher. Nix da! Ich werde zurückgezerrt. Man gönnt mir aber auch nichts! Aber ich brauche mein niedliches Hinterteil ja auch nicht zu verstecken. Und die beiden Mädels sind ja so genierlich.

Um 13.30 Uhr trudeln wir bei der Residenz ein und dürfen dann auch gleich in unser schön schrecklich warmes Apartment.
Wir richten es uns gemütlich auf der Tourist-Etage.

Susanne schnibbelt ihre berühmten Salate. Frauchen sorgt für das Frühstück, macht immer den Kaffee, deckt den Tisch. Und so!
Susanne ist auch für den gemütlichen Teil zuständig. So mit Teelichtern, Sektfrühstück, Balkonvergnügen! Und einkaufen geht sie, derweil ich mit Frauchen draußen oder im Auto herumlungere.

Na, sie teilen sich halt die Arbeit.
Aber betüdeln tun mich beide. Ist das schön!

Immer auf dem Deich entlang – oder auch nicht

Erkundungstour! Ist wohl alles beim Alten. Wir Mädels schlendern so dahin und ich an langer Leine den Deich rauf und runter.
Hm, sind da wieder tolle Nachrichten für mich!
Kann mich gar nicht genug satt schnuppern an den neuen Spuren.
Ich markiere meine Meldung gleich drüber: Genossen, ich bin da!
Menschenleute beachte ich nicht. Sind nicht so interessant für mich – oder sollten sie doch!
Auf einer Bank sitzen richtig schöne dicke Muttis mit tiefem Ausschnitt an ihrem bunten Shirt. Ich will bloß mal schauen. Liegt vielleicht eine Leckerei für mich unter der Bank! Ich habe immer so dollen Hunger.
Und die eine Frau gleich: »Ei, wo ist denn das Möpschen?«
Sie bückt sich zu mir runter und ihre Möpse (Busen) fallen fast aus dem Ausschnitt.
Frauchen zerrt mich weg, meine Mädels haben es auf einmal eilig. Und dann prusten sie fast gleichzeitig los: »Da sind ja die Möpschen!«
Und sie kichern albern. So ganz verstehe ich mal wieder nicht.
Wo bitte waren denn noch meine Artgenossen!

Nette Leute

Jeden Morgen düsen mein Frauchen und ich Richtung Deich. Ich erledige meine Geschäftchen. Und dann bummeln wir gemütlich auf dem Deich entlang. Manchmal setzt Frauchen sich auf eine Bank. Ich darf auf ihren Schoß, und wir beide schauen den Schiffen nach oder den Menschenleut. Meist ist es dann schon schön warm. Das mag ich gar nicht. Mir hängt die Zunge aus dem Hals.

Hechel, hechel! Ist mir heiß in meinem Pelz.

Frauchen schleicht deshalb immer ganz langsam mit mir zurück.

Damit ich mich nicht so anstrenge, sagt sie.

Bei unserer Residenz ist ein Klamottenladen. Der Herr Besitzer räumt gerade Sachen nach draußen.

»Oh, du Kleine, du hast aber Durst! Warte! Ich hole dir sofort Wasser.«

Und der nette Mann verschwindet und kommt mit zwei großen Schüsseln an, drin sind Wasser und Leckerli.

»Alles für den Mops.«

Alles für mich?

Der Mann lacht.

»Die Krähen futtern das meiste auf«, sagt er.

Ich suche mir ein schönes Leckerli heraus und bedanke mich brav.

Wie nett die Leute doch zu mir sind! Ich werde noch ganz mopsig bei den vielen Leckerlis.

Einkaufsrunde angesagt! Die großen Frauchens brauchen auch Leckerlis. Und so buntes Papier. Ansichtskarten sagen sie dazu. Dabei haben wir Ansicht Natur pur.

Na ja, die müssen's wissen!

Also auf in den Grabbelladen! Sie werden dort fündig. Und bezahlen an der Kasse.

Kasse? Oh, an der Kasse gibt es doch auch immer was für mich.

Ich stelle mich auf und mache mich ganz groß. Aber nicht groß genug, dass der Mann mich sieht.

Und Frauchen schon wieder streng: »Emelie, du sollst nicht betteln! Hier gibt es keine Leckerlis.«

Da schmunzelt der Mann erfreut: »Wie? Bei mir gibt es alles!«

Er greift in die Schublade und holt einen Riesenleckerchen-Keks heraus. Ich schnappe schnell zu.

Bevor Frauchen den Schreck und das Staunen verdaut hat, hab ich den Keks verdaut.

Nach unserem Vormittagsgang meint Frauchen immer: »Auf ins Hallenbad!«

Das mag ich gar nicht, wenn mein Rudel auseinanderläuft. Wie soll ich da auf sie aufpassen!

Also Ablenkungsmanöver! Haha! Frauchen vergisst ihr Badetuch und kommt wieder zur Tür rein.

Und ich nix wie raus!

Da sitze ich nun auf dem Flur.

Die Frauchens drinnen betteln: »Emelie, hierher! Emelie, komm!«

Ich schalte auf stur.

Frauchen will mich mit einem Leckerli übertölpeln. Da hat sie sich aber verrechnet. Eine Apartmenttür gegenüber geht auf und ich an den verdutzten Leuten rein in die Wohnung.

Ist das toll hier!

Die Nachbarn haben gerade gefrühstückt.

Was liegen da noch viele leckere Krümel unter dem Tisch.

Frauchen ist das alles so peinlich. Sagt sie jedenfalls. Sie darf in die Wohnung und will mich fangen. Ich bleibe vorsichtshalber unter dem Tisch, muss noch aufräumen. Und sie kriecht garantiert nicht zu mir runter.

Na gut, denke ich, der Denkzettel reicht erst mal.

Und ich komme gnädig hervor und spaziere zurück in unsere Wohnung.

Die Leute gucken aber auch nicht nett. Ich glaube, die sind böse auf mich oder meine Frauchens.

An den Strand gehen wir abends auch mal. Schließlich haben wir den schönen bunten Strandkorb. Wir sitzen gemütlich darin und halten unsere Nasen in die Sonne.

Ich bin müde und mag nicht in die »watt«ige Pampe. Und mir ist so warm. Muss meine kleine rosa Zunge raushängen lassen.

Kannste auf dem Foto sehen.

Apropos Foto! Susanne will das gar nicht. Meint, ist doch jedes Mal dasselbe.
Und Frauchen clever: »Nö, wir haben doch was anderes an.«
Haben die Probleme! Ich hab immer dasselbe an.

Und am Samstag ist es draußen immer noch schrecklich heiß.
Abends machen wir noch einen Rundgang. Die Sonne verschwindet hinter den Wolken. Na, da können wir ja noch mal an den Strand. Ein Wind macht sich auf und wird zu einem Sandsturm. Ich finde das toll. Endlich Abkühlung! Ich hüpfe vergnügt herum, kurve meine Runden im weichen Pustesand. Nur Susanne steht da und knibbelt mit ihren Augen. Verzieht das Gesicht!
Warum nur! Och, ihre Kontaktlinsen mögen keinen Sand.
Na, dann nicht!
Wir treten den Rückzug an. Da fängt es auch schon an regnen. Ein Gewitter zieht auf.
Schnell, schnell, zurück in die Wohnung!

Außerirdische Erfahrungen

Pipigang nachts meist nach 23.00 Uhr! Und das Gedrängel der Frauchens! Dauernde Ermunterung: »Pipi, Emelie, mach doch Pipi!«
Und Frauchen geistert mit der Taschenlampe herum. Als wenn es dann schneller ginge! Und dann zu den Dauerduschern in der Kanalisation unterm Kanaldeckel!
Zwecks Anregung meiner Blase, sagen sie.
Dabei gibt es wieder so viele Nachrichten auf dem Rasen rund um die Residenz. Die muss ich doch erst alle lesen. Und auf Kommando mache ich sowieso nicht.
Ich ziere mich und darf dann auch noch auf die andere Seite. Da, wo so was wie ein Pflegeheim ist.
Am Himmel zieht ein Licht ohne Geräusch einher.

E.T. oder andere Außerirdische!
Vermutungen werden angestellt.
Soll ich mich jetzt etwa gruseln?
Das Licht verschwindet hinterm Deich. Ist bestimmt ins Wasser geplumpst.
Nach so viel Aufregung lasse ich mich herab und erlöse meine Frauchens und mache meine Geschäftchen. Und wilde Begeisterung bricht darüber aus.
»Fein, fein, das hast du fein gemacht!«
Muss ja wirklich fein sein. Denn Frauchen packt jedes Mal meine Grümpelchen ganz sorgsam in eine Tüte.
Ich frage mich: Warum der Aufwand, wenn sie es doch in den Müll wirft.
Am anderen Morgen ist Susanne ganz entnervt. Sie hat kaum geschlafen, sagt sie. Der Krach draußen. Hubschrauber kreiste und kreiste.
Wir haben nichts gehört.
Upps, die Außerirdischen?
Aufm Deich erzählen uns Leute: »Da wurden welche gesucht. Der Hubschrauber kreiste über dem Wasser und viele Rettungswagen fuhren auf. Vielleicht Verirrte im Boot oder so.«
Sachen gibt's! Da kann ich mich nur schütteln.

»Dösiges Eck« und andere Lokalitäten

Die Frauchens sind immer ganz wild auf Duckstein. Gibt's nur beim Dösigen Eck.
Und ich kann zuschauen – oder was!
Schadenfreude meinerseits.
Montag geschlossen! Freitag geschlossen!
Und die Frauchens maulen: »Haben die das nicht nötig! Sollen wir etwa verdursten!«

Ich hab es besser, saufe nur Wasser!

Und dann beim Asia-Eck. Nichts los? Verwunderung! Können Tisch immer schön auswählen. Und warum!

Haben die vielleicht die Preise erhöht!!! Sind wir hier im Sternelokal – oder was!

Wenn das Essen nur nicht so gut fettfrei schmecken würde, sagen sie, dann könnten wir uns auch dort hinten bei der Fischbude anstellen. Hochbetrieb! Aber Panier!

Hauptsache, ich kriege meine Häppchen ab. Mir ist das Wurscht oder Fisch oder wie soll ich sagen!

Aufbruch

Schade! Der Urlaub geht zu Ende. Und wir düsen heim.

Ohne besondere Vorkommnisse.

Eigentlich freue ich mich schon. Frauchen wird dumm gucken. Ich will sie testen, ob ich ins Schlafzimmer darf.

Und nerven kann ich.

Glaubt mir, Leute!

Emelies Lieblingsplatz!
Zwischen Frauchens Füßen

Heulboje

Wie überrede ich nur mein Frauchen! Seit ich bei ihr einzog, schlafe ich in der Küche. Manchmal auch im Wohnzimmer. Drei Jahre lang.
Ich wache von komischen Geräuschen in der Nacht auf. Es herbstelt. Es ist Kirmes.
Hört Frauchen auch, was ich höre.
Aber bei ihr rührt sich nichts im Schlafzimmer.
Bin ich ganz alleine im Haus!
Ich fange an zu heulen. Ich bin ja so allein. Und heule und heule.
Auf einmal steht Frauchen schlaftrunken auf der Matte.
»Fehlt dir was, mein Mäuschen?«
Sie glaubt tatsächlich, ich bin krank und darf mit ins Schlafzimmer. Ich will es mir auch gleich in ihrem Bett gemütlich machen.
»Nichts da! Emelie, du schläfst auf dem freien Bett.«
Maulend drücke ich mich in mein Kissen.
Am nächsten Abend will ich dann auch gleich wieder mit ins Schlafgemach. Was wird das denn! Tür vor meiner Nase zugedrückt. Na warte! Nachts gegen 4.00 Uhr spiele ich den Heuler.
Sie bleibt hart. Vor Erschöpfung schlafe ich ein und tanke Kraft für die nächste Nacht.
Das wird lustig, mein Frauchen, das verspreche ich dir!
Es ist so weit. Ich habe meine Uhr gestellt. Ab 4.00 Uhr fange ich halbstündlich an zu weinen.
Und weil das immer noch nicht hilft, geht es dann viertelstündlich weiter. Mal schauen, wer die besseren Nerven behält.
Irgendwann gegen 6.00 Uhr morgens steht sie gerädert in der Tür.
»Na, dann komm! Einmal den Fehler gemacht, nicht wieder rauszukriegen«, brummt sie.
Hurra, ich habe es geschafft!
Jetzt darf ich jeden Abend mit zu ihr. Manchmal versuche ich noch, in ihr Bett zu krabbeln.

Versuch wird aber abgewimmelt. Also füge ich mich in mein Schicksal. Ein großes Bett für mich allein ist doch auch was.

Der Beweis

Nachrichten an den Baumstämmen sind oft so hoch. Wie komme ich da bloß dran? Wie machen die Jungens das? Ich beobachte sie mal heimlich, mal interessiert. Aha! Die heben das Bein und setzen einen Strahl.

Muss ich auch mal probieren, denke ich und hebe ein Bein.

Auweia, da plumpse ich fast um. Frauchen kriegt einen Lachanfall: »Emelie, du stehst viel zu dicht am Stamm.«

Mich einfach auslachen. Das mag ich aber gar nicht. Meine Mopsehre ist gekränkt.

Oh, da ist ein Baumstumpf! Beinchen hoch und auf dem Reststamm abgestützt.

Also, geht doch. Man muss sich bloß mit dem hochgerissenen Speckbeinchen an irgendetwas festhalten.

Beim nächsten Nachrichtenobjekt Bein hoch und Füßchen auf einem Blatt abgestützt. Das Blatt zittert, mein Bein zittert. Aber mir gelingt der Strahl.

Und ich übe und übe.

Frauchen schmunzelt und erzählt überall stolz, was ich alles kann. Die wollen das aber eigentlich nicht so ganz glauben. Deshalb greift sie in ihre Trickkiste.

Nun hat sie endlich es geschafft.

Dauernd läuft sie mit ihrem Fotohandy hinter mir her und bettelt: »Emelie, heb das Bein!«

Die Leute gucken schon ganz irritiert.

Und ich erst mal. Was soll das denn!

Den Gefallen tu ich ihr nicht.

Bin ich beim Zirkus!

Ich krieche mal in die Büsche. Schnuppere und – Beinchen in die Höh'! Und schön abgestemmt am Baum.

Schnappschuss!!!

Und dann tagelang die Zeremonie. Sie hinter mir her.

Pah, ich setze mich. Wie es sich für Damen gehört.

Und wenn sie mal wegschaut! Und den Apparat nicht bereithält.

Haha! Ich das Bein aber hoch! Ohne umzufallen.

Aber jetzt hat sie mich erwischt.

Ich hatte aber auch einen Druck drauf.

Und guck, jetzt hat sie endlich den Beweis, was ich bei den Jungens abgeschaut habe.

Ich schnüffel am Gras und entschließe mich.

Freihändig!!! Äh nö, freibeinig! Und einen schönen Strahl gesetzt!

Und Frauchen jubelt. Siehste, nun hat Frauchen die Beweise am Computer ausgedruckt! Und schickt stolz allen die Fotos. Was für ein schlaues Mädchen ich doch bin! Und alles ganz alleine gelernt.

Die e-Mann-zipierte Gucci vom Tenkhof

Ich bin eine Mopsi-Frau
und weiß das ganz genau.
Trotzdem heb' ich das Bein
und piesel fein
an Baum und Strauch.
Jungens tun's doch auch.

Hurra! Schnee! Schnee … Schnee … oh weh!

29. November/Dezember 2010 bis 6. Januar 2011

Nanu, was ist denn das? Alles so hell draußen!
 Vom Himmel trudeln weiße Federn? Vor Begeisterung springe ich doch mal in das weiße Etwas und drehe drei verrückte Runden.
 Ich schnaube hinein. Wegpusten lässt es sich nicht? Da beiße ich kurzerhand zu.
 Enttäuschung – es gibt nichts zu beißen. Nur kalt und nass.
 Und Frauchen gleich: »Nicht essen, nicht essen, Emelie. Du wirst sonst krank.«
 Aha, aber drin herumlaufen darf ich oder was?
 Wir freuen uns trotzdem über den ersten Schnee.
 Noch!
 Jeden Tag liegt ein bisschen mehr.
 Und es wird kalt.
 Und Frauchen schimpft über die sinnlose Arbeit, wie sie sagt.
 Fegen, schieben, schaufeln!
 Die weißen Berge werden immer höher.
 Mein Mopsmann im Garten verschwindet fast im Schnee. Hat eine lustige weiße Mütze auf Kopf und Kringelschwanz.
 Frauchen fotografiert. »Dokumentieren«, meint sie.

Im Wald liegt eine weiße Schicht auf Ästen, an Stämmen, auf Wegen. Zauberwald! Verzauberte Welt!
 Und Frauchen sagt: »Sieht das nicht schön kitschig aus!«
 Ist mir egal.
 Und die anderen Hunde toben in dem dicken Weiß, wälzen sich, buddeln Löcher.
 Brrrh! Wie kann man nur!
 Ich erinnere mich. Der letzte Winter ist doch noch nicht lange her.

Warum frieren, wenn Frauchen herumsteht und mit Menschenleut quatscht. Ich schaue Frauchen treuherzig an. Sie reagiert nicht. Ich hypnotisiere. Immer noch nichts. Ich stelle mich an ihrem Bein auf, reiche ja bloß bis an ihr Knie: Will aufn Arm!

Endlich hört sie auf mich. Ich werde aufgehoben. Triumphierend habe ich nun kuschlig eine tolle Aussicht von oben auf die anderen.

Ätsch, bätsch!

Frauchen hat so Klapperdinger unter ihren Stiefeln. Klappern aber nur im Laden.

»Spikes«, sagt sie dazu, »damit wir nicht ausrutschen und uns die Knochen brechen.«

Wieso wir und uns?

Ach, haben es die Menschen schwer! Ich laufe immer mit Spikes an meinen Füßen. Die klappern nicht, haken höchstens im Teppich fest. Unangenehm, kann ich dann nur sagen.

In der Garage steht unser Ausfahrtmobil. Rundherum hat Frauchen auf den Fliesen Gummimatten ausgelegt. »Weil es sonst zu glatt ist«, sagt sie und eiert vorsichtig herum.

Ein Eisstreifen macht sich unter dem Garagentor breit.

Da solltet ihr mal Frauchen sehen, wie sie da so balanciert. Von Matte zu Matte und großer Schritt übers Eis drüber. Muss eine gefährliche Sache sein. Ich mache in weiser Mopsvoraussicht alles nach und tappe genauso langsam über Matten und hüpfe über Eisbarrieren. Und natürlich teste ich erst mal, ist es Wasser oder Eis. In kaltes Wasser tapse ich nämlich auch nicht gerade gern.

Eines Tages liegt auf unserem verschneiten Spazierweg ein Ungeheuer und lauert auf uns.

Ohne Augen? Ohne Ohren?

Ich stelle mich vorsichtshalber in Kampfposition, mache mich riesig, auf Zehenspitzen, und belle furchterregend – glaube ich. Natürlich in weiter Entfernung. Man weiß ja nie!

Nichts rührt sich. Frauchen geht einfach weiter – drauf zu.

Bin ich aufgeregt. Warne Frauchen! Aber die hört nicht auf mich.

Bin ja sonst kein Schisser. Aber jetzt, allen Mut zusammennehmen und im Affenzahn dran vorbei, stoppen, kurzer Beller, umschauen.

Das Ungeheuer rührt sich nicht. Hat sich auch nicht ausgerollt.

Frauchen lacht und gibt dem Dicken einen Tritt: »Schau, das ist doch nur der Bauch von einem Schneemann!«

So ganz traue ich der Sache immer noch nicht. Aber wenn Frauchen meint.

Vorsichtig zurück! Schritt für Schritt nähere ich mich dem Ungeheuer. Und schnuppere daran herum. Schmutz und Eisschnee. Igitt! Nicht mal Nachrichten von meinen Freunden … bin ich enttäuscht. Wie langweilig!

Na, und dass ich immer schön warm eingepackt werde, wisst ihr ja schon.

Pullover, Kleidchen, Mäntelchen, Sicherheitsweste.

Mopsmodel auf dem Laufsteg!

Nö, Schneeweg.

So kommen wir gut über die Chaostage.

Fein ausgeputzt in Strick

Frosch begegnet Frosch

»Huch«, ruft Frauchen, »beinahe wär' ich draufgetreten.«
Ich störe mich nicht drum. Im Gras am Teich gibt es so viel zu schnuppern.
»Emelie, komm mal gucken«, ruft sie nun.
Na gut, ich lasse mich herab und trotte zu ihr.
»Schau mal!«
Im Gras liegt was Komisches in Tarnfarbe, fällt gar nicht auf im grünen und gelben Gras.
Nun werde ich aber doch neugierig und versuche daran zu riechen.
Da macht das kleine Ding einen Satz nach vorn und ich einen Satz nach hinten vor lauter Schreck.
Dies Spiel kannst du haben, Freundchen.
Also wiederholen wir das Ganze: schnüffeln, Froschsprung vor, ich eins zurück, so lange, bis der Kleine in Sicherheit ist und im Schilf verschwindet.
Ist das aufregend!
Ich warte eine ganze Weile und quirle mit meinen Öhrchen.
Wo ist es geblieben?
Aus dem Wasser kommen seltsame Geräusche … quaken.
»Frösche am Backenaufblasen«, sagt Frauchen, »und wie ein Frosch siehst du aus, wenn du sitzt und den Hintern ganz breit machst.«
Hm, so eine Figur soll ich haben!
Herr Loriot sagt das jedenfalls auch. Und der versteht eine Menge von uns Mopschens.
Wie eine Katze sollen wir auch sein.
Herr Loriot, Herr Loriot, ich dacht' ich wär ein Hund.
Aber sonst sagt er nur Nettes wie: Ein Leben ohne Mops ist möglich, aber sinnlos.

Montag, 11. Juli bis Mittwoch, 20. Juli 2011

Cuxhaven-Döse
Kurparkresidenz
Apartment 123

Von Sturm umbraust
in den Ohren saust,
Mütz und Haare genagelt fest am Kopf!
Emelie, ein schlauer Tropf,
in Sitzstreik tritt.
Auf Frauchens Arm im Rückwärtsschritt!

Wetter so, mal so!
Sonnenschein tagsüber – froh –
nachts die Regenschauer
nicht von langer Dauer.
Temperaturen, Stimmung friedlich,
Urlaub also war gemütlich.
Ich überleg es mir und reime mal
von Urlaub Cux, auf jeden Fall!

Angekommen 13.30 –!
Nanu, an Rezeption keiner fleißig?
Bis 14.00 Uhr ist Pause.
Mittagsjause? –
Auf dem Deich nun hin nun her.
Warten fällt uns langsam schwer.
Im akademisch Viertel endlich offen,
auf schnellen Service hoffen.
Überfordert, der Herr »Langsam«.
Wir Mädels brummeln dann und wann.

Frauchen sitzt der Schalk im Nacken,
statt meiner pustet auf die Backen,
meldet an gleich drei Personen,
die sollen in Apartment 123 wohnen.
Herr nun ganz verwirrt,
ob man sich denn da nicht irrt,
Betten sind nur zwei bezogen!
Müssen glätten nun die Wogen.

Beim Bezahlen später dann Gemecker,
auf letzten Drücker kämen angekleckert.
Dabei hat's noch eine Stunde Zeit,
keine anderen Gäste weit und breit.

Ein Geräume und Gewusel!
Dann schnell noch »Duckstein« Dusel.
Ein »Seemann« auf vier Beinen
schaut zu mir Kleinen.
Die Frauchen gackern keck
bei Cuxhavens »Dösiges Eck«.
Stimmung heben Hugo und Veneziano.
Meine Damen: piano, piano!

Asia-Mädchen, Kleine,
knuddelt mich ganz feine,
meine Öhrchen wuschelt
und mit mir rumkuschelt.
Frauchen kriegt nun Fragen zween.
»Hast du den gekriegt oder wolltest du den?«
Und zur Erheiterung aller, o weia, Mist:

»Wolltest du den, weil er so glatt – ist
oder
weil der so dick – ist?«

Bah, mich keiner kann beleidigen,
Frauchen braucht auch nichts verteidigen.
Ich bin nun mal ein fröhlich Mops,
Mops, Mops – hops, hops!

Jeden Mittag zur Fressmeile,
wo wir bei Asia verweile.
Speisekarte rauf und runter,
für mich Häppchen munter,
dazu noch Hühnchenkaustange.
Vergnüg mich damit nicht lange,
herbei eilt eine Entenschar,
sammelt alles auf – wie wahr –.
Ich hab' nicht aufgepasst,
als freche Ente Stange fasst,
quer im Schnabel läuft davon.
Da schauen wir alle sprachlos schon.

Auch im Urlaub muss ich nicht verzicht'
auf mein Möhren-Leibgericht.
Flüssig kriege ich den leckren Drink
und danach in Schlaf versink
auf Balkon eins oder zwei,
je nachdem, wo Sonne bei.

»Eme mit dem Tüdelband«
wie Susi Sausewind fand.
Frauchen macht es mir bequem,

tut mich in den Schatten nehm'.
Wenn ich penn, dann merk ich nicht,
wie so heiß die Sonne sticht.

Ich mache »Wecken« dreimal in der ersten Nacht.
Warum bloß ist keiner außer mir aufgewacht?
»Miep, miep« vor Susannes Bett.
Sie schläft weiter nett.
Dann nur noch morgens ich's probier.
Bin ein tolles »Wecker« Tier.
Zum Schluss geb ich es ganz dann auf,
mache selber nur »schnauf, schnauf«.

Jeden Morgen nach dem Essen
mit Frauchen Deichgang wird nicht vergessen.
Ich vergnügt und ganz schön keck,
such mein stilles Örtchen in der Eck,
da wo hohes Puschelgras
macht nicht meinen Popo nass!

Frauchen mit langem ausgeglichen' Schritt,
und ich wackle mit dem Hintern mit.
»Oh, ein Mops!«, ruft es entzückt.
So viel Aufmerksamkeit mitnichten mich erdrückt.
Geknuddelt und gestreichelt werden,
ist doch das Schönste hier auf Erden.
Mein Revier ist nun der Deich,
an neuen Zeitungsnachrichten reich,
ich schnupper da, ich schnupper hier,
heb' mein Beinchen und markier.
Frauchen ganz zuletzt
sich auf freie Banke setzt.

Ich will rauf auf ihren Schoß,
auch mal Schiffe gucken bloß,
die nach Hamburg fahren rein
oder in die weite Welt hinein.
Neuwerk, Schifffahrtsrinne, Kugelbake,
Strandkorb, Ebbe, Flut – ich abhake.
Habe alles nun gesehen,
will zurück ins Apartment gehen.

Eile gleich zur Dusche ins Bad.
»Frauchens! – Los, trab, trab!«
Wo ist hier das Wasser,
was mich letztes Jahr macht' nasser?«
Mein Gedächtnis, das reicht weit,
da staunt ihr nun zu zweit.

Außer Reih' auf einmal meine Blase voll.
Wie sag ich's Frauchen? Na toll!
Schrank? Mein Geschirr und Leine drauf – aha!
Ich setz mich einfach drunter da.
Hypnotisieren!!! Endlich man mich versteht,
und Frauchen mit mir Gassi geht.
Anderntags, ich muss aufs Klo.
Soll ich's machen wieder so?
Nöö, ich setz mich wie zuhause vor die Tür.
Warum jetzt nur keiner reagiert?
Also wandre ich weiter zu Balkontür zwei,
da sind sie aber flott. Eins, zwei, drei
zum Fahrstuhl wird geflitzt.
Schnell, schnell, bis ich auf dem Rasen sitz.

Hab meine Mädels gut erzogen,
zu meinen Diensten sind gewogen.

Wenn Susanne mit Betthupferl telefoniert,
horch ich manchmal ungeniert.
Dem Schweizer hab ich's zu verdanken. – Ja, wie?
An meinem Namen fehlt seitdem das »lie«.

Meine Geschichte ist jetzt aus,
wir sind wieder zuhaus!

Verwunderliche Wesen

Aber hallo, was wird das denn! Ich glaub, ich werd nicht mehr.

Da holt Frauchen ein großes grünes elektrisches Tier mit noch Rot dran aus dem Stall. »Gerätehaus« sagt sie zu der Blechhütte.

Das Tier hat vielleicht komische Beine. Die rollen! Und rappeln! Was das wohl wird? Und dann bindet sie auch noch eine lange Leine daran, zieht sie gerade – fast – und bindet sie an der Mauer fest.

Will das Tier weglaufen?

Ich bin hoch interessiert.

Sonst sperrt mich Frauchen immer auf die Terrasse. Und nun auf einmal darf ich alles beschnüffeln. Ich lasse lieber Vorsicht walten. Was führt sie im Schilde?

Frauchen hält das Elektrik fest. Nun geht es los! Frauchen schiebt und zerrt. Kann das nicht allein laufen mit den komischen Beinen?

Das Ding brummt über den Rasen, hin und her.

Und ratzfatz ist das Gras ab.

Frisst der aber komisch! Und nur Grünzeug! Gut, ich mag ja auch mal Gras, aber doch nicht nur!

Ich entdecke ein neues Spiel. Frauchen schmeißt die lange Leine hier hin und da hin. Damit sie nicht abgefressen wird.

Wow, das ist die Gelegenheit! Ich übe Seilspringen. Macht das Spaß! Mit einem Satz drüber, nicht zu dicht an den rollenden Brummbi. Und Frauchen freut sich und lacht.
    Das freut mich auch und ich kasper weiter – weil sie das so toll findet. Immer drunter und drüber.
    Frauchen sagt: »Emelie, pass auf, sonst hast du keine Beinchen mehr!«

Und glaubt mir, ich weiß, zu welcher Rasse das Ding gehört.
    Nämlich zu den Rasenmähern!

Das Elektrik-Tier Staubsauger kenne ich schon. Der Arme muss immer in der Wohnung bleiben, nur manchmal darf er auf die Terrasse. Er frisst nur Staub und meine Härchen und was so Kleines alles auf dem Boden herumliegt.
    Dabei macht es aber andere Geräusche als der Brummbi draußen.
    Es zischt … und hinten kommt warme Luft raus.
    Das riecht aber nicht so wie bei uns, wenn wir Luft ablassen.

Aber am Besten finde ich das Elektrik, das gleich zwei lange Leinen kriegt. Die schwarze wird wieder an die Mauer gesteckt, die gelbschwarz gestreifte an den Wasserkran.
    Verstehe ich nicht so ganz.
    Muss das Tierchen einen Durst haben!
    Und dann geht das Getöse los. Es rumpelt, faucht und fängt an zu spritzen.
    Das ist ja ein Ding. Hinten Wasser schlucken und vorne in hohem Strahl ausspucken.
    Ich kann das nicht. Ich schlucke vorne und sprühe durch die Nase

… wenn mich Genossen ärgern … oder zum Vergnügen Frauchen ins Gesicht … oder im Auto vor Freude, wenn Besucher dazusteigen.

Der Wasserschluckerspucker muss aber arbeiten.

Immer hin und her mit der langen Nase und ruckzuck sind die Gartenplatten sauber. Und ich immer daneben im herrlichen kühlenden Sprühnebel.

Alle Jahre wieder   Silvester 2011/12

Wir gehen gemütlich durch den Wald. Das heißt, Frauchen rennt mit ihren langen Beinen den Weg lang. Ich finde es in und an den Büschen am Rand interessanter. Warum die Hetze!

Mir wird es unheimlich, wenn ich sie nicht mehr sehe. Ganz schön rücksichtslos von ihr. Ich mit meinen kurzen Beinchen hinterher. Meine Öhrchen fliegen und mein Schwänzchen will sich entkringeln.

Ganz schön anstrengend!

Und dann auf einmal ein Knall. Und noch ein Knall!

Jetzt Tauben schießen?

O nein, Silvester naht!

Ich bleibe ganz cool. Frauchen auch.

Aber die anderen Frauchens!

Wie schrecklich! Die armen Hunde! Brauchen wieder Schlaftabletten. Oder werden mit Frauchens im Keller eingesperrt.

Pah, ihr Zimperleins. Macht es doch so wie ich. Ich penne am Silvesterabend wie immer gemütlich auf dem Sofa.

Und rundherum kracht's. Der Fernseher dudelt.

Frauchen tüdelt sich einen kleinen.

Nur dann ist alles anders.

Udo Jürgens live.

Und so kurz vor Mitternacht! Mein Lieblingslied.

Ich springe wie gestochen auf. Runter von der Couch.

Udo singt. Ich belle. Der Chor singt »Aber bitte mit Sahne« und geht in die hohen Töne.

Ich singe mit. Kopf hoch und nichts wie los. Wie kann Frauchen nur sagen, ich jaule. Wo sie sich jedes Mal freut und so lacht, bis ihr die Tränen kommen.

Sie sagt: »Jetzt hast du mir aber zum Jahresabschluss ein schönes Ständchen gebracht.«

Dann schleppt sie mich nach draußen auf die Terrasse.

Ein Feuerwerk rundherum, Krachen und bunte Farben am Himmel. Ich tue Frauchen den Gefallen und schaue zu.

Upps! Die ersten Kracher über uns. Die feuchte Luft schlägt wie Hagelgraupel aufs Dach. Wir gehen rein.

Endlich ins Bett? Nein, sie stapft nach oben. Ich hinterher. Sie schaut aus allen Fenstern raus.

Mann, das dauert! Ich bin müde. Was soll das! Ist doch Schlafenszeit.

Merkt sie das nicht. Ich muss sie darauf aufmerksam machen. Da gibt es nur ein Mittel. Ich zerre und reiße an ihrem Hosenbein.

Na endlich hat sie es kapiert.

Bin ich froh, in meinem Bett zu sein.

Mopsi-di, Mopsi-da

Wird mein Frauchen jetzt wunderlich?

Ich wunder mich.

Da wird der Mops in der Pfanne verrückt.

Überall Möpse!

Stellt euch mal vor, Frauchen hat nun zwei dicke Fotoalben voll mit Bildern von mir. Und natürlich mit Texten, die ich ihr diktiert habe.

Das dritte Album ist in der Mache.

Aber wenn es das nur wäre!

Im Flur hat sie eine »Mopsecke« eingerichtet. So sagt sie.

Am Sicherungskasten kleben lauter Postkarten. Und was ist da drauf! Natürlich Freunde aus meiner Zunft »Mops«.

Gegenüber hängt gerahmt Herr Loriot mit seinem Mops. Der hat mal was ganz Nettes über uns gesagt.

Und das stimmt!

Schon wieder was Neues!

Eines Tages sagt sie: »Ich will wissen, ob ich es noch kann. – Malen!«

Die Sucherei nach einem schönen Foto von mir geht los.

Sie zeichnet vor.

Und jeden Tag sitzt sie zur gleichen Zeit in der Küche. »Wegen der Beleuchtung«, sagt sie. Und malt immer ein bisschen.

Ich werde porträtiert. In Aquarell. Oder genauer, mit Aquarellbuntstiften. Endlich ist sie mit dem Ergebnis zufrieden.

Dann macht sie einen Aufstand, will einen passenden Rahmen finden.

Sie zieht durch Geschäfte. Ich muss mit. Wegen der Farbe des Rahmens. Ob es zu meinem Mantel passt.

Sie wird fündig.

Jetzt hänge ich gerahmt als Boss und Hüter neben den anderen Möpsken im Flur.

Und alle Besucher sagen: »Das ist sie! Das ist Emelie.«

Der Mopswahn bricht aus:
Mops auf Taschentüchern.
Mops auf Weihnachtskugel.
Mops auf Trinkbechern.
Mops auf Tragetasche.
Und ... Mops in der Weihnachtskrippe.
Eigentlich brauchte Frauchen nur noch ein Schäfchen. Aber dann entdeckt sie den Mops.
Ist doch irre ... mopsig ... oder was?

Und ... Überraschung! Eine meiner liebsten Freundinnen bringt einen Mopskalender.
Frauchen hängt den 2012 vor meinen Futtersafe.

Mopsi hier, Mopsi da!!!!!!!!!!!!!!!!
Reiche ich nicht mehr? Müssen lauter fremde Möpse mit mir hausen! In Mopshausen.

Und es ist immer noch nicht genug. Wieder muss ich Modell sitzen. Zwecks Überprüfung des Fotos. Stimmt die Farbe! Stimmt die Anzahl der Falten. Wie sehen die schönen Fingernägel, ähm Krallen, aus.
Dann richtet sie sich das Atelier ein.
Atelier! Dass ich nicht schmunzle. Ist doch das Gästezimmer! Oder manchmal das Nähzimmer oder Bügelzimmer. Auch egal.
Jedenfalls pinselt sie nun mit Aquarellfarbe. Tag für Tag ein wenig.
Hört das bald auf?
Wochenlang.
Und dann.
Sie sagt erleichtert: »Jetzt ist es vollendet.«
Und wieder geht die Sucherei nach einem Rahmen los. Ich werde vorerst in einen vorhandenen gesteckt. Nicht ich. Sondern die Malerei. Zwecks Besichtigung.
Den Rahmen mit Passepartout erstehen wir in einem bekannten Möbelhaus. Ich bin mit dem Ergebnis einverstanden und stolz wie Oskar, ähm wie Emelie.

Fräulein Emelie in Aquarell

Akrobatische Übung

Sonntags fahren wir meist zu Frauchens alter Schulfreundin. Die hat einen neuen »gebrauchten« Hund aus dem Tierheim. Maddy!!! Und da steckt echt ein Rehpinscher drin. Das Mädel ist ein wenig größer als ich. Was die alles kann! Steht auf den dünnen Hinterbeinen und will so davonlaufen. Nur die Leine hindert sie daran. Nicht immer! Neulich hat sie die Leine einfach durchgebissen. Frauchen sieht gerade noch was Braunes davonhuschen – im Bauerncafé draußen – und fragt: »Wo ist eigentlich Maddy?«

Das dumme Gesicht von der »Freundin« hättet ihr sehen sollen, als die die Reste der Leine sieht. Zum Glück kommt Maddy sofort zurück. Und nun liegt das arme Mädchen an der Kette im Café. Und ich feixe innerlich. Ich habe viel gelernt und brauche an so schönen Orten meist nicht an die Leine.

Maddy kann auch im Handstand püschern. Ich beobachte sie genau. Ein Bein hochreißen kann ich ja schon. Ob ich mal probiere, wie das ist, beide Hinterbeine hoch. Ich bin ja schlau. Sehe einen Betondeckel! Also mit den Hinterbeinen drauf und Popo hoch. Plumps! Aua, ist mein Hinterteil schwer.

Wie macht Maddy das bloß!

Ich bleibe dran und werde weiterüben. Habe ich mir fest vorgenommen und schon mal an einem Grasbüschel mein Glück versucht.

Applaus! Von Frauchen. Obwohl es nicht klappte.

Frauchen ist ein Scherzkeks. Nun heißt es bei ihr »Daddy Langbein, Maddy Langbein«. Das ist nur gerecht, weil sie zu mir manchmal »Mops-Klops« sagt.

Und das auch nur, weil ich ihr Gerenne zum Telefon nicht leiden kann. Ich halte sie deshalb am Hosenbein fest, zottele und zerre.

Dann sagt sie doch tatsächlich: »Ich habe einen Mops am Bein.«

Heißt das nicht eigentlich »Klotz am Bein«?

Emelie hinter Gittern

Manchmal packt Frauchen das Faltklapprad ins Auto. Diese Prozedur macht sie nur, wenn es draußen nicht zu warm ist. Ein wenig Rücksicht nimmt sie ja auf mich.

Aha, denke ich, nun muss ich wieder den ganz langen Rundgang laufen.

Sie sagt zwar: »Das sind nur fünf Kilometer oder so.«

Mir kommt es aber vor wie einmal rund um den Erdball.

Die kann gut reden. Hat ihr komisches Gestell als Laufrad eingerichtet. Erzählt sie allen Leuten. Aber manchmal tritt sie auch in die Pedale. Tempo ist mir zuwider. Also versuche ich, sie am Hosenbein zu packen. Sie muss doch zu stoppen sein. Zuhause klappt das doch auch, wenn sie zum Telefon rennt. Nicht zu fassen. Ihre Beine immer rauf und runter. Schikane!

Nun halt doch mal still, rufe ich.

Aber sie versteht nicht. Und ich rase ihr hinterher. Erst noch. Aber dann überlege ich es mir und schnüffel doch hier und dort an den vielen Hundezeitungen. Da muss sie dann ihr Tempo drosseln und anhalten.

Und oft genug stöhnt sie: »O, was tut mir der Hintern weh. Dieser harte Sattel!«

Da habe ich aber kein Mitleid. Sie doch auch nicht. Gnadenlos die große Runde. Erst noch im Schatten. Aber der Rückweg! Maisfelder, Maisfelder. Kein Wässerchen zum Abkühlen. Und ich mit hängender Zunge. Hechel, hechel! Und sie hat mal wieder vergessen, meine Flasche mitzunehmen. Obwohl sie es immer verspricht. Hinterher ist sie immer schlauer.

Aber sie hat ausgetüftelt, wie ich transportiert werden kann. Der Weg ist ein bisschen zu viel für mich. Ich streike dann und setze mich einfach hin. Das hatten wir vor Klapprad. Da sollte ich tatsächlich den ganzen Weg mit ihr laufen. Sie hatte dann ordentlich was an meinen fast 9 kg zu schleppen.

Frauchen ist furchtbar praktisch erfinderisch. Das Klapprad besitzt keinen gescheiten Gepäckträger.

Leute passt auf! Ein Schultaschenkorb wird besorgt. Der klemmt prima unter einer Querstange. Und mit einem Spanngurt befestigt sie das Gerüst sicher. Obendrauf kommt noch ein Drahtkorb. Ein Überbleibsel von einem anderen Transportkorb. Und für mich bitte eine weiche Unterlage!

Und so ausgestattet jagen wir durch die Gegend. Glaubt sie. Ich trödel hier, ich trödel da. Warum die Eile? Endlich erbarmt sie sich und hievt mich in den Korb. Und Klappe zu, damit ich mich nicht selbstmörderisch hinausstürze. Manchmal entwickle ich ein unberechenbares Temperament und mir ist alles egal.

Habe ich nun eine tolle Aussicht von hier oben. Ganz was anderes als nur unten am Boden. Voller Stolz kann ich auf meine großen Freunde herabschauen. Mopshochnäsig oder plattnäsig?

Frauchen muss das Rad schieben. Ist eine wacklige Angelegenheit so ein Klapprad. Und ich schaukle hin und her. Werde aber nicht seekrank. Wir haben die Strecke fast geschafft und kommen bei meinen Knautschgesellinnen vorbei, Mops Lula und Boxer Gloria. Die beiden staunen nicht schlecht, stehen hintern Zaun und fragen mich, was abgeht. Ihr Frauchen kommt lachend dazu und ruft: »Emelie hinter Gittern.«

Bin ich jetzt im Fernsehen oder was! Hinter Gittern.

Ach, was kann ein langer Rundgang doch schön sein!

Montag, 23. Juli bis Mittwoch, 1. August 2012

Cuxhaven-Döse
Kurparkresidenz App. 123

Hurra! Es geht wieder auf große Fahrt.

Ein Stündchen später als sonst, also 11.30 Uhr, verpackt Frauchen mich und nette Gesellschaft samt Gepäck im PKW.

»Die Navitante nervt«, sagt Frauchen, weil sie ihr was Falsches gesagt hat.

Dauernd sollen wir runter von der Autobahn. Wo doch die Baustelle zwischen Vechta und Ahlhorn gar nicht so schlimm ist.

Man hat so nette Smilies aufgestellt.

rot = 15 km   gelb = Hälfte   grün = fast geschafft

Die Sonne meldet sich pünktlich zu Ferienbeginn. Mir wird es etwas zu warm dabei. Und mein Frauchen ist ganz besorgt, weil ich hechle. Oder meint sie nicht mich, sondern die Autoreifen? Weil es so zischt! Wir hatten neulich nämlich einen Platten. Was immer auch das ist. Weiß nur, ich habe einen Platten im Gesicht.

Endlich dann mal Pause. Ich stürme los durchs hohe Gras und zerre Frauchen hinter mir her.
 Muss meinen Drang mal loswerden. Ob Sturm oder Pipi!
 Die Frauchens erledigen auch Geschäftchen. Weiß bloß nicht, warum sie dafür in ein Häuschen gehen, wo Gras doch so schön puschlig ist!

Mittagspäuschen! Ein kleiner Schattenplatz. Hart gekochte Eier und Dickmilch. Da fällt doch sicher ein Bröckchen für mich ab!

Ein Bus!
 Kinder fallen heraus. Lärmen, toben, werfen Stöckchen.
 Soll ich die etwa fangen?
 Ich liebe Kinder und ganz viele Leute. Meine Frauchens heute nicht. Alles schnell eingepackt und schon düsen wir los, noch gut 50 Kilometer.

14.30 Uhr. »Sie haben Ihr Ziel erreicht«, sagt Frau Navi.
 Na, denn mal los! Ist wer an der Rezeption? Huch, statt Muffelkopp ein Herr Überfreundlich. Wir dürfen schon. Und Frauchen zischelt: »Ist das derselbe? Oder ein Zwilling?«
 Susanne entschließt sich zum dritten Zwilling.
 »Der hat wohl eine Hirnwäsche gekriegt! Wie der uns voriges Jahr behandelt hat! Kaum wiederzuerkennen.«

Das übliche Programm startet. Kennt man schon. Auspacken und ab zur Fressmeile. Nichts für mich? Oder doch! Wir werden bei der

Duckstein-Station mit Hallo begrüßt. Ich bin halt überall bekannt wie ein bunter Hund.

»Emelie« begrüßt »Seemann« und kriegt ordentlich Leckerli zugesteckt. Frauchen findet das gar nicht begeisternd. Immer sagt sie, sie will keinen Rollmops.

Kennt jemand von euch diese namensbekannte Rasse?

Und jeden Mittag ziehen wir drei zum Asia. Die Frauchens kriegen Fisch und ich meine Kaustange: getrocknetes Hühnchen um Rind. Manchmal die vielen Garnelenschwänze. Die knacken und knistern so schön … und dazu einen großen Pott mit Wasser.

Nur einmal vergessen alle Frauchens meinen Durst. Dafür bestrafe ich sie auch ordentlich auf dem Deich. Ich stelle mich total bockig, stemme meine Beinchen gegen den Zugzwang, dass ich fast aus dem Geschirr glitsche. Mein Hauptfrauchen ist dann auch fein genervt.

So, das hat sie nun davon!

Susannefrauchen übernimmt mich und zieht und zieht. Ich errege auf dem Deich überall bei den Leuten Mitleid. Tut mir das gut.

»Oh, kann der Kleine nicht mehr!«

Der Kleine!

He, ich bin ein Mädchen!

Da wedelt Frauchen mit dem Leckerlibeutel. Wie gemein! Ich renne los und hinter mir rufen Leute: »Der kann ja doch laufen.«

Jedenfalls denken meine Frauchens jetzt auch immer schön an mein Wässerchen.

Damit ich nicht wieder dehydriere. Welch vornehmes Wort!

Schau, schau, bin ich nicht schlau?

An der Nordseeküste am Baggerstrand!
O wei, was für ein Lärm und Staub! Jedenfalls sind meine Mädels total entsetzt.

Ich nicht. Bagger, Lastwagen, Presslufthämmer! Was stört's mich! Ich interessiere mich lieber für die Nachrichten im Gras.

Und die Mädels lamentieren weiter: »Und wenn wir unseren Strandkorb besetzen, sind wir mitten drin!«

Spinnen die! Wir dürfen doch gar nicht. Was heißt wir? Nur ich nicht, ich werde diskriminiert. Man sagt, ich sei ein Hund. Und Hunde dürfen nicht an den Strand. Ach, wäre ich doch ein Frosch von Loriot.

Und dann steht das Drama vom Bagger auch noch in der Bildzeitung. Und im Fernsehen war das auch.

Bloß wir nicht.

Frauchen ist ein Schelm. Sie meint eines Morgens: »Ich will mal das Menschlein am Strandeingang schocken.«

Sie fragt und stellt sich dumm: »Wie komme ich mit Hund ins Watt, wenn er nicht an den Strand darf?«

Oha, da ist der junge Mann aber irritiert und kriegt einen großen Zettel vor.

Und darauf steht:
Cuxhaven-Sahlenburg: Hundestrand
Cuxhaven-Dunen: Hund angeleint ins Watt
Cuxhaven-Döse: alles verboten

Aber wir Mädels sind schlau.

Wenn die Strandbewachung fort ist ... der Abend lau und windstill! Socken und Schuhe aus.

Ich nicht, ich gehe immer barfuß. Leinen los und ab durch Pudersand und o weia ins Wasser. Ich tapfer ins warme Nass hinter den Frauchens her. Einer bzw. eine muss sie ja retten, wenn die Wellen über sie schwappen. Mir steht das Wasser schon bis zum Bauch. Wollen die etwa noch weiter! Wellen über Wellen! Habe einen zündenden Einfall. Da hopse ich doch einfach drüber. Macht das Spaß! Und das Wasser spritzt voll über mich drüber. Ich werde pitschnass … oben, unten, vorne, hinten. Ich hüpfe und springe, stürze mich mutig über Wellen. Meinem Frauchen reicht es langsam. Sie meint: »Oh, meine einzige kurze Hose. Nass!«

Mir reicht es auch. Immer über riesige Wellen jumpen, wie anstrengend! Ich setze mich ins püscherwarme Wasser und lausche, was die Mädels so zu erzählen haben. Mein Schwänzchen habe ich total entspannt entkringelt. Und es wedelt nun ganz von alleine, wenn eine Welle heranrauscht, hin und her, her und hin.

Rückmarsch ist angesagt. Mein Rudel kürzt den Weg über die Treppe ab. Ich darf mal wieder nicht Stufen springen. Muss den Deichhang im Gras runter. Entlang des Handlaufs. Na, wenn die das so haben wollen. Ich krieg meinen Koller! Wollen mal schauen, wer schneller ist! Im Affenzahn den Deich runter, total unvermittelt, und reiße Frauchen fast übers Geländer. Da hängt sie nun … Und zappelt sie mit den Beinen?

Nöööö!

Ich erhasche es mit Mopsblick, als ich meine Kreise ziehe.

Selber schuld, denke ich! Warum darf ich nicht Stufen hopsen.

Ich bin immer noch klebrig mit Sand eingepudert. Die Grasrundfahrt hat nichts geholfen.

In der Dusche gibt es die berühmt berüchtigte Unterbodenwäsche bei mir. Der warme Wasserstrahl kitzelt so schön.

Ich bleibe nun aber brav und lasse mich nach der Säuberungsaktion ordentlich abrubbeln.

Neue Strandpromenade

Das sind also die letzten Baggerarbeiten! Wir Mädels erkunden einen Teil des fertigen Stücks. Wie langweilig! Nirgends Zeitungen für mich. Nur Pflaster, immer geradeaus. Das hält doch kein Hund aus.

Man ist einsichtig. Vielleicht haben sie aber auch nur Schiss, dass ich bockig werde und sie »Taxi gefällig« für mich spielen sollen. Meine neun Kilo Lebendgewicht machen dann schwer zu schaffen.

Mittelalterspektakel! Was ist das denn?
Im Fort Kugelbake.

Wir stapfen abends einen schmalen Pfad entlang. Immer schön hintereinander. Rechts Bäume, links Gestrüpp vor einem Binnenteich. Mit Steilhang. Ich möchte da mal am liebsten runter. Aber man hat mich an die Leine gehängt. Bloß nicht überall schnüffeln dürfen.

Endlich da und über eine Holzbrücke rüber über das Gewässer. Und dann wollen die so was wie Eintritt in Euros.

Gab es das schon im Mittelalter, überlegt Frauchen und bietet mich als Grillware an.

Gemein, was! Findet die Kassentante auch und guckt ganz böse. Susanne zückt die Geldbörse, und wir dürfen rein.

Überall Zelte. Verkaufsstände. Komisch gekleidete Leute. Haben die alte Säcke an! Würde ich nicht mal drauf schlafen, höchstens mal dran markieren.

Meine Frauchens müssen natürlich überall stehen bleiben und gucken. Ich amüsiere mich lieber mit mir freundlich Gesinnten. Hole mir reichlich Streicheleinheiten.

Hach, ich bin die mittelalterliche Sensation!

Die Frauchens kriegen Durst auf was Leckeres, Met-Wein und Met-Bier.

Und ich darf zusehen.

Susanne will unbedingt die »Dudelzwerge« sehen und natürlich hören.

Aua, ist das ein Radau!

Dudelsack und Trommeln und mittelalterliches Krachmacherzeug. Mit Lärmverstärker! Wie passend! Mein Frauchen und ich halten uns die Ohren zu. Das heißt, Frauchen leiht mir eine Hand.

Und dann die Feuerschau. Da werfen die immer was Brennendes in der Gegend rum.

Gut, dass wir weitab sitzen. Ob Susanne Feuer fängt!

Langsam wird es finster. Und spät. Und Ende vom Spektakel. Die Frauchens trauen sich den schmalen Pfad nicht zurück.

Wir haben keine Taschenlampe dabei.

Ich könnte ja Blindenhund spielen und führen. Ich kann im Dunkeln gut sehen. Man traut mir wohl nicht.

Also stolpern wir die Hauptstraße entlang. Was heißt wir!!! Richtung Residenz. Aber, o weh! Die Straße gabelt sich. Und wo lang nun, fragen sich die Frauchens, links oder rechts? Da teilen sich auch die Meinungen.

Ich werde ja nicht gefragt. Bei mir geht es immer der Nase nach lang.

Hört, es kommen Leute! Erleichterung. Wir müssen rechts lang zu den Laternen. Fressmeile in Sicht.

Es ist bald Mitternacht, als wir in der Residenz anlangen. Und ich werde nicht noch mal zum Pullern nach draußen gescheucht. Erschöpft fallen wir alle vom Spektakel aufs Bett.

Abends gucken die Frauchens ab und zu in den bunten Kasten. Wie langweilig für mich. Nur manchmal sind da auf einmal Hunde drin. Und die muss ich schleunigst vertreiben. Ich belle und tanze davor.

Und dann schprechen die Mädelsch auf einmal scho komis. Weil sie den Film »Sch'tis« scho witzig fanden. Da redeten die Leute scho.

Samstag lässt Susanne uns mal alleine zurück. Sie hat ein Date mit Pastors. Die heißen nicht nur Christ, sondern sind es auch. Arbeiteten mal in Lohne.

Frauchen und ich verlustieren uns derweil alleine auf dem Deich. Was heißt alleine! Menschen, Menschenmassen! Nicht zu fassen.

Eins, zwei, drei,
der Urlaub ist vorbei.
Wetter mal heiß,
mal stürmisch
und auch Regen.
Überwiegend richtig schön.

Kann man auf Fotos sehen.

Wisst ihr, was eine Furie ist?
   Das ist eine Frau, die glaubt, dass wir Hunde obendrauf auf dem Menschen-WC Gassi gehen.
   Habt ihr so was Doofes schon mal gehört!

Blinkis

Hallöchen, ihr da,
   ich habe mir tatsächlich im »Fressnapf« mit 'ner Geschenkgeldkarte eine neue Sicherheits-Taschenlampe geholt. Ist ein Geburtstagsgeschenk.
   Mein Frauchen behauptet nämlich, ich hätte meine alte im Gebüsch zerlegt (wer weiß, wer weiß) und nur noch das Gerippe nach Hause gebracht.
   Nun leuchtet wieder der »Fressnapf«-Clip auf meinem Rücken am Geschirr.
   Glühwürmchen, Glühwürmchen, flimmre!
   Leckereien gönnt man mir ja nicht, auch nicht als Geschenk. Was ist mein Frauchen aber auch streng geworden.
   Habe selber schuld an der Misere!
   Nach dem Krallenschneiden sagte die Tierärztin neulich: »Was sieht Emelie gut aus.«
   Und ich Dummerchen laufe stolz über die Waage.
   Aus war es mit gut aussehen.
   Ein Pfund zugenommen im Urlaub … oder so.
   Und das muss wieder runter.
   Wir haben Schimpfe gekriegt. Ganz dolle.

Wuff, bell, schnurr
eure Mopsi-Pelzwurst

Fräulein Emelie

P.S.
Tatü tata
Mopsi mit Blaulicht ist da!
Frauchen spendierte mir noch eine Taschenlampe. Blaues Blinki.
Zur Sicherheit!
Ich glaube aber, damit sie was zum Spielen hat.
Und weil ich nun mit meinen sechs Jahren richtig erwachsen bin, gibt es fürs Wohnzimmer ein schickes neues Körbchen für mich.
Mein »altes« war reichlich zerkaut, aufgerissen, zusammengenäht, geklebt und mit Härchen übersät.
Schämt sich Frauchen etwa!!!!!!!!!!!

Aufs Glatteis geführt   März 2013

Mein Frauchen sagt, wir haben immer noch Flugwetter. Ein steifer, eisiger Ostwind stürmt in Böen und treibt uns vor sich her. Oder fegt – huiiih – um die Ecke. Und das am 25. März.

Ich werde immer schön warm angezogen. Was sehe ich schick aus in meinem blauen Mäntelchen! Frauchen klebte auch noch mein Namensschild drauf. Und mit Klettband schmückt ein kariertes Tüchlein.

Jedenfalls bin ich gut gerüstet.

Wir machen wie immer unseren Gang durch unser Spaziergebiet. Frauchen sucht einen Weg aus, wo uns der Wind mit Frost nicht so trifft. Sie entscheidet sich für die Abkürzung an der Rehwiese. Aber erst geht es am Bach entlang.

Auf einmal zieht mir ein guter Geruch in die Nase. Ich bin ja immer so hungrig. Nichts wie den Steilhang runter zum zugefrorenen Bach! Frauchen geht oben einfach weiter, bis sie merkt, dass ich eine Etage tiefer bin und hin und her wiesel. Auf der gegenüberliegenden Seite liegt ein Stück Brot.

Hmh, da muss ich hin.

Frauchen kann so viel rufen, wie sie will. Bei Futter hakt es bei mir aus. Ich »verrückte Nudel« wage mich über das glatte Eis auf die andere Seite.

Knack und back! Und mein Hintern hängt im kalten Wasser.

Huch, was soll das denn!

Und das Brot nicht weit von meiner Nase. Ich klammere mich an eine Wurzel und höre den Gedanken von Frauchen zu, die nun im Rückwärtsgang auf allen vieren runter zum Bach krabbelt. Sie überlegt doch tatsächlich, ob sie ihre schönen Lederstiefel für Eis und Wasser opfern will, um mich zu retten.

Und ihr Anblick von hinten ist für die Götter. So ein großer Hund!

Na, da muss ich wohl selbst die Initiative ergreifen und mich retten. Ich Clevere ziehe mich langsam aufs Trockene. Vergessen ist das Brot. Ich will nur noch zu Frauchen und suche mir eine Stelle, wo ich hoffentlich gut rüberquere. Geschafft!

Ich pitschnass, mein Mäntelchen pitschnass. Ich schüttle mich, dass die Tropfen fliegen, und pudere mich mit trockenem schwarzem Sand ein.

Frauchen opfert sämtliche Papiernasentücher und tupft das Schlimmste ab. Und sie überlegt, ob sie ihren dicken Schal einferkelt.

Nö! Es geht im Galopp zum Auto. Wir sind zum Glück nicht weit entfernt davon. Schnell reingehopst. Und ich werde von meinem nassen Mantel befreit und gerubbelt und gerubbelt.

Hach, ist das schön! So viele Streicheleinheiten! Das könnte ich öfters haben.

Und Frauchen sagt: »Nun lohnt sich die Wäsche wenigstens.«

Zuhause packt sie Decken und Handtücher von mir in die Waschtrommel.

Und nun riecht es wieder dufte im Auto.

Wissbegierde

Schließlich muss ich informiert sein. Was tut sich so in meiner Umwelt.

Es klingelt morgens. Ich belle und düse zur Haustür.

Mach auf! Mach auf!

Der Paketbote! Und Frauchen noch im Schlafanzug. Ich nutze die Gelegenheit. Setze mich hinter den Boten und schiele um die Ecke. Das Gartentor offen. Und ich ab auf den Wendeplatz. Eine Runde gedreht und rüber zu den Bauarbeitern. Bei der Baustelle inspiziere ich alles. Macht man alles richtig! Die Maurer schuften, kümmern sich nicht um mich. Haben keine Zeit für mich. Ich will weiter erkunden. Aber Gefahr in Sicht!

Der nette Mann von der Post erbarmt sich für Frauchen: »Ich hole den Ausreißer mal zurück!«

Frauchen seufzt erleichtert, rennt aber trotzdem hinterher.

Welch ein tolles Spiel! Da rennen zwei Erwachsene immer hinter mir her und Frauchen in ihrer Verkleidung. Ich lasse sie eine Weile das Spiel spielen.

»Bleib stehen! Bleib stehen!«

Ohne Geschirr bin ich aber schlecht zu fassen. Glitschig wie ein Aal. Aber irgendwann gibt die Klügere nach. Nämlich ich. Und ich bin wieder in Gefangenschaft!

Mein Frauchen meint nur: »Na, hattest du mal wieder deinen frechen Blick, du Neugierige!«

Man gönnt mir rein gar nichts.

Ich rieche förmlich, wenn bei Nachbars eine Tür offen steht. Frauchen wuselt im Garten herum und will die Mülltonne nach draußen stellen. Sie hakelt das Tor auf und versucht vorsichtig zusammen mit der Tonne durchzukommen. Ich beobachte genau, ob eine Lücke entsteht.

»Bleib, Emelie!«, ertönt das Kommando.

Pustekuchen! Triumphierend schlüpfe ich vorbei und sause gegenüber zu Herrn Nachbarn Emil. Emilia, sagt der immer zu mir. Schwupps, durch die Terrassentür hinein in sein Wohnzimmer.

Und Frauchen draußen bettelt: »Emelie, hier! Emelie, hier!«

Ich stelle mich taub.

Der Herr Nachbar ruft Frauchen zu: »Gehen Sie ruhig rein und holen Emilia!«

Was soll das denn! Wo es hier so gemütlich am Vormittag ist.

Frauchen stürmt die Bude. Und sie ist doch bass erstaunt, was sie da sieht.

Ich throne auf der Couch und schaue in den laufenden Fernseher.

Warum kann ich das zuhause nicht auch haben! Vormittags!

An unserer Haustür klebt innen ein Konterfei Mopskopf. Darunter steht: »Achtung! Kampfhund!«

Und wer war der Witzbold? Natürlich Frauchen.

Ich liebe es, wenn es Ding-Dong macht. Mein freudiges Gebell übertönt dann alles. Ich stürme vor Frauchen an die Haustür.

Wer kann das sein?

Ich bin ja so neugierig.

Sie ist nun vorsichtiger geworden. Auch lernfähiger, was! Lässt die Kette vor, damit ich nicht durch kann. Oder keiner rein kann? Egal! Ich komme einfach nicht durch den Türschlitz durch. Sosehr ich mich auch bemühe. Bin einfach zu kompakt geworden. Wackele ich also mal zur Begrüßung mit dem Kringel. Jedenfalls draußen oft erstaunte

Blicke, erst in Kampfhundhöhe. Dann wandert der Blick langsam nach unten. Verwunderung. »Oh, ein Mops!«

Und Frauchen grinst innerlich: »Ja, Kampfhund! Kämpft mit seinem Gewicht.«

Wir gehen fast immer zweimal am Tag im Wald spazieren. Was heißt hier gehen! Erst fahren wir mit dem Auto nach Hopen.

»Stadtpflaster treten ist nichts für uns«, sagt Frauchen.

Und dann drehen wir unsere Runde durch den Wald. Wenn die Straße außer Sicht ist, lasse ich Frauchen von der Leine. Ich muss dann nicht mehr auf sie aufpassen. Sie darf frei herumlaufen. Ist auch viel schöner. Ich habe nun viel mehr Freiheiten und muss Frauchen nicht dauernd an der Leine ziehen. Ich schnüffle hier und dort. Beim stacheligen Ilex bin ich aber vorsichtig. Der pikst sonst in die Nase.

Und sonntags ist in Hopen vielleicht was los. Leute! Leute laufen da. Manchmal sind dort ganze Gruppen seltsamer Wesen. Schreiten auf zwei Beinen und an den anderen beiden haben sie dünne Beine wie Stöcke. Die sind angebunden. Und sie werfen die Dinger ein Stück hoch und stechen sie wieder in die Erde.

Das muss ich neugieriger Welpenmops genauer sehen. Und ich rein, mitten in die Menge.

Frauchen ruft erschrocken: »Achtung! Spießbraten!«

Wie von Zauberhand heben sich die dünnen Beine und bleiben in der Höhe.

Ich kann nun ohne Gefahr alle begrüßen und zum Lachen bringen.

Frauchen hat aber auch immer coole Sprüche drauf.

Manche verstehen das nicht so ganz und nehmen es auch noch ernst.

Ich muss immer alle begrüßen, an den Beinen schnüffeln, um Leckerchen betteln oder Streicheleinheiten einheimsen. Da ruft sie doch tatsächlich: »Emelie, fall nicht die Leute an!«

Verwunderung.

»Aber die macht doch gar nichts.«

Oha, wenn ich aber ein Leckerli erschnüffle und man mir keins reicht, da werde ich energisch. Von hinten ran und aufgestellt.
Los, gib mir was!
Meist habe ich Erfolg. Frauchen findet das aber gar nicht besonders. Verstehe ich nicht. So tolle Leckerlis! Und bei jedem schmecken sie anders. Müsste sie auch mal probieren, statt zu murren: »Zieh ich dir heute Abend vom Restfutter ab.«
Hoffentlich vergisst sie das.

Manchmal treffen wir an der Wiese einen ganzen Pulk Frauchens und Herrchens mit ihren Lieblingen. Meist sind das große Kameraden. Oder wir sind eine gemischte Gruppe: mittel, groß, klein. Und die toben und tollen über die Wiese, jagen und balgen sich. Das ist mir viel zu albern. Ja, als ich noch klein war, ließ ich mich manchmal herab und spielte mit. Aber jetzt. Nein, ich halte mich lieber abseits und schaue den Blödheiten zu. Nach einer Weile setze ich mich zu den Menschen und lausche. Dabei lege ich mein Köpfchen mal rechts auf die Seite, mal links auf die Seite und quirle mit den Öhrchen. So entgeht mir kein Wort. Ich wachse förmlich, wenn Frauchen nette Sachen über mich erzählt. Und die Menschen amüsieren sich: »Na, Emelie, hörst du genau zu!«
Ab und zu kommt ein Störenfried und schnüffelt an mir rum. Ich ergreife die Flucht und setze mich schnell zwischen die Füße von meinem Frauchen. Das ist mein Lieblingsplatz. Und wenn wir weitergehen, spaziere ich auch einfach zwischen Frauchens Füßen weiter. Und sie kriegt dann den breitbeinigen Seemannsgang.
»Oh Emelie! Oh Emelie!", heißt es dann.
So kann ich sie aber auch gut ausbremsen, wenn ich ein Leckerchen möchte.
Zuhören ist nämlich schrecklich anstrengend. Und eine Belohnung habe ich schließlich verdient.

Cuxhaven-Döse

Montag, 1. Juli bis Mittwoch, 10 Juli 2013
Kurparkresidenz 123

Das fängt ja gut an.
 Sonntag zuppelt Frauchen an meinem Ohr herum.
 Was hast du denn da?
 Sie glaubt tatsächlich, ich habe mir einen Dorn eingetreten. Am Kopf? Wie soll das gehen? Sie zieht und rupft. Das Blatt am Ohr sitzt fest. Also dreht sie es heraus und legt es beiseite.
 Nun denn, unter Betrachtung einer Lupe Entsetzen.
 »Eine Zecke! Wo du doch das Zeckenband trägst!«
 Abends kriege ich eine dicke Beule auf dem Ohr. Der Kopf der Zecke steckt noch drin.
 »Desinfizieren!«
 Frauchen macht Schnaps auf ein Wattepad. Und ich mache die Biege. Lass mir doch nicht das kalte Zeug aufs Ohr legen. Das wird wieder eine fröhliche Jagd durch die Wohnung. Rauf aufs Sofa, runter vom Sofa, rund um den Tisch. Und Frauchen immer hinterher. Natürlich nicht aufs Sofa.
 Und wer siegt?
 Frauchen!
 Sie trickst. Fesselt mich im Hundegeschirr, klammert. Und schon tropft der Alkohol in mein Fell.
 Montag beult mein Kopf immer noch. Und wir wollen um 11.00 Uhr los, in den Urlaub.
 Frauchen telefoniert mit der Tierärztin. Und statt Urlaubsgepäck werde ich ins Auto geladen. Das Wartezimmer voll mit ängstlichen Hundis. Wir werden aber leider bevorzugt behandelt, kommen sofort dran. Ich bin auch ganz ruhig, vor allem, weil ich noch so müde bin. Dauernd diese Aufregungen. Da kann doch keiner richtig ausschlafen.

Die Tierärztin zieht den Kopf der Zecke aus meinem Kopf, und ich bekomme noch rosa Salbe draufgeschmiert.
»Die Beule wird noch einige Tage bleiben«, meint die Tierärztin.
Na toll! Und so verbeult soll ich in Urlaub und auf die Promenade!

Wenn Engel reisen, lacht der Himmel.
Das Wetter bessert sich zusehends. Mit Wölkchen starten wir etwa gegen 11.15 Uhr. Natürlich Susanne im Gepäck mit Gepäck. Und je näher unser Domizil, umso schöner der Sonnenschein.
So 50 Kilometer vor Cux machen wir Pause. Alle Weiblein sind durstig und hungrig – oder tun nur so. Jedenfalls kriege ich ordentliche Bröckchen ab.
Wir sind mal wieder vor 15.00 Uhr bei der Residenz, aber der dritte Zwilling gibt uns schon die Schlüssel. Susanne, das Gepäckgirl, schiebt den schweren Gepäckwagen, Frauchen spielt den Türöffner.
Wie schön, wieder in unserem Apartment zu sein. Ich erkenne alles wieder.
Und Frauchen jubelt: »Schaut mal, was ich voriges Jahr vergessen hatte! Emelies Platzdeckchen für das Essgeschirr.«
Die üblichen Rituale folgen. Taschen auspacken und sich breitmachen in der Wohnung. Ich darf auf dem Rasen eine Nachricht hinterlassen: Bin wieder da! Nun wisst ihr es alle.
Draußen promeniert ein x-beiniger Mops an der Leine. Begeisterung bei den Frauchens.
Bin ich denen etwa nun nicht genug?
Mops Bruno lerne ich dann auch noch kennen und drehe ein paar Runden um ihn herum. He, was geht ab! Aber Bruno will nicht so recht. Das alte Kerlchen, ist schließlich schon elf.
Und dann das Erlebnis für meine Frauen. Eine Gästin sieht mich hinter Susanne herschauen. Suse läuft immer die Treppe runter, und ich vergewissere mich davon, bis die Treppenhaustür zuzieht. Dann

hüpfe ich schnell zur Fahrstuhltür. Kann es kaum erwarten, dass sie aufgeht.

Kommt also die Gästin um die Ecke und sagt: »Ach, da ist ja der Schnarchmops!« Frauchen kann das gar nicht richtigstellen, da ist die schon um die nächste Ecke.

Verwechselt mich einfach so mit Bruno. Der macht immer Röchelgeräusche. Hat die keine Augen und Ohren im Kopf!

Am nächsten Tag kommt es noch schlimmer.

»Ach, wieder der Schnarchmops. Das kommt vom Kupieren.«

Was das meine Frauchens erheitert! Wenn Dummheit wehtäte.

Susanne stellt tolle Überlegungen an, wo man wohl einen Mops kupiert. Etwa Nase ab, dann alles hochgezogen und in Falten gelegt?

Jaja, sich lustig machen auf unsere Kosten, der Mopszunft.

In der Fressmeile werden wir wieder freudig begrüßt. Man kennt uns bunte Hunde.

»Wie lange bleibt ihr? Wann seid ihr angekommen?«

Susanne meint: »Der Chefin glitzern schon die Euros aus den Augen.«

Wir gehen schließlich jeden Tag bei dem Asia Fisch essen. Ich kriege auch immer schön eine Schüssel mit Wasser hingeknallt, so groß, dass ich darin baden könnte.

Und Asia hat das »Dösige Eck« übernommen. Schöne Strandkörbe stehen hintereinander aufgereiht wie bei einem Eisenbahnwaggon. Riesige Schirme beschatten alles. Sieht auf den ersten Blick toll aus, auf den zweiten fehlt die Gemütlichkeit im Kontakt zu anderen Urlaubern.

Da schmeckt das Duckstein auch nur zweimal. Die Frauchens tüdeln sich lieber auf unserem Balkon einen an. Genug Flaschen haben sie ja mit.

Auf dem Deich ist es windig schön. Oft zauselt es heftig, manchmal auch kalt zwischen den Sonnenstrahlen. Macht nichts. Ich habe zu

tun. Nachrichten lesen, welche drübersetzen und andere Geschäfte erledigen. An jedem Deichaufgang steht eine Hundetoilette, aber eine Woche lang keine Tüten dabei. Frauchen tut entsetzt.
»O je, ich habe gar nicht genug für dich mitgebracht, Emelie.«
Stellt die sich an. Hat doch in allen Hosen- und Jackentaschen welche stecken.
Na gut, dann mache ich halt nur zweimal am Tag das bewusste Geschäft, das fein in einer Tüte verpackt wird und trotzdem weggeschmissen. In die Tonne natürlich.
»Sie hat mich verstanden. Stell dir das mal vor«, sagt Frauchen stolz zu Susanne.
Zum Wochenende stecken dann aber überall dicke Packen knallblauer Plastikbeutel. Komisch nur, dass kaum welche gezogen werden.
Aha, Sparsamkeit am falschen Platze! Viel zu klein die Tüten, sogar für meine Geschäfte. Frauchen muss höllisch aufpassen, dass sie nicht ins Glück greift. Vor allem, wenn der Wind gerade so richtig heftig pustet.

Na, und dann die neue Promenade! Da dürfen wir nur nach 18.00 Uhr promenieren. Wenn die Aufpasser weg sind. »Todschick«, sagen meine Frauchens.
Hm, kann ich nicht finden. Kein Gras, keine Zeitungsnachrichten, kaum was zum Schnüffeln. Nur irgendwie hart und aquarellig angestrichen. Und dann muss ich auch noch von Bank zu Bank mit. Die großen Mädels finden das lustig mit den neuen Sitzgelegenheiten wie Segelboote.
Einmal mache ich das ja noch mit. Aber dann schon wieder abends! Da werde ich aber energisch. Und bockig. Erst sträube ich mich heftig und lege mich ins Geschirr. Stemme meine Beinchen ins Pflaster: Nun zieht mal schön! Mal sehen, wer hier siegt.
Upps! Ich kriege ja Brandblasen, wenn ich so übers Harte geschleift werde. Hab doch keine Räder unter den Füßen.

Na warte, Frauchen, dann wende ich halt meine andere Methode an. Ich beiße mich an ihrem Hosenbein fest und reiße und zerre. Empörung. »Emelie, meine neue Hose!«
Tja, was kann ich denn dafür. Ihr zerrt doch auch an mir rum.
Ein Glück, dass Frauchen nicht so gut zu Fuß ist und die langweiligen Spaziergänge abgebrochen werden.

Da ist es bei unserer Residenz doch viel schöner. Gerüche, Gerüche! Vor allem bei den Baubuden. Dort muss ich immer sofort einen draufsetzen und Nachricht hinterlassen. Die Residenz kriegt nämlich einen neuen Anstrich. Einige fremde Männer turnen nun an einem Gerüst herum oder fahren mit einem Hubwagen rauf und runter.
»Höchst interessant«, sagen die Frauchens und beobachten, was sich da tut. Vor allem, weil uns das Übel eines Gerüsts vor unserem Balkon ereilen soll. Und tatsächlich, die Fenster werden abgeklebt, die Fassade mit Hochdruck gereinigt. Und dann klapper, klapper, ein Gerüst aufgebaut.
Zum Glück sind wir versnobt, haben ja noch einen Balkon zum Ausweichen.
Also, ehrlich gesagt, mich lässt das alles kalt. Hauptsache, ich bekomme meine Streicheleinheiten und die heimlichen Leckereien.

Männer, Männer! Nichts Gescheites dabei.

Urlaubsende!
Wie immer! Husch, husch, ab ins Auto mit den Klamotten. Und natürlich wir dazu! Freuen uns aufs Zuhause und dass das Wetter so schön bleibt wie in den zehn Tagen. Kein Regen, Sonne, manchmal frischer Wind.

Spaßiges

Emelie und Emily
Wir drehen wie immer unsere Runde in Hopen. Mein Frauchen und ich. Und natürlich treffen wir wie immer nette Leute. Eine Mama ist mit ihren beiden kleinen Töchtern unterwegs. Die drei kommen uns entgegen. Und die beiden Mädchen stürzen auf mich zu.
»Oh, wie niedlich«, sagen sie und knuddeln mich ordentlich durch. Zum Dank versuche ich sie abzuschlecken.
Die Mädchen fragen nach meinem Namen.
»Emelie«, antwortet mein Frauchen für mich.
Ich habe das noch nicht so drauf, dass man mich versteht, wenn ich meinen Namen sage.
Die Größere sagt: »Ich heiße auch Emily.«
»Ach, dann haben wir euch schon mal getroffen«, stellt Frauchen fest und fragt: »Möchtet ihr Emelie ein Leckerli geben?«
»Au ja!«, sagen die furchtlosen Mädchen.
Sie haben zuhause auch einen Hund. Und die Lütte fängt an mit mir zu üben mit Handzeichen und Befehlen. Sie hebt den Zeigefinger und ruft: »Emelie! Sitz!«
Die große Schwester Emily ruft daraufhin empört: »Ich setz mich doch nicht!«
Mein Frauchen und die Mama schauen sich an und ein breites Schmunzeln geht über ihre Gesichter.
Ich bin natürlich brav und mache hübsch »Sitz«.
Und wo bleibt die Belohnung?

Leckerli
Ich bin ja immer so hungrig. Mein knausriges Frauchen wiegt mein Futter immer ab. Und oft kriege ich abends nicht mal den Rest. Bleibt mir also nichts anderes übrig, als alle lieben Hundefreunde auf unseren

Spaziergängen anzubetteln. Frauchen schaut dann gar nicht »amused«, wenn etwas für mich abfällt.

Kommt der kugelige Mann auf dem Fahrrad angedüst. Der sitzt immer auf dem Rad. Und an der Leine läuft die kugelige kleine Yorkshirehündin. Die Ärmste.

Oh, heute stoppt die Kugel, greift in die Tasche und schwupps fliegt ein Riesenleckerli in meine Richtung. Ich stürze darauf zu. Schling, schling ist alles weggeputzt. Damit Frauchen ja nichts abbekommt. Ich reiße bettelnd meine Augen kullerrund auf.

Mehr, bitte mehr!

Die Hand fährt in die Tasche. Nur Frauchen ruft entsetzt: »Bitte nicht!«

Ich sichte schon freudig ein weiteres Leckerchen.

Aber Frauchen setzt nach: »Bitte nicht noch eins! Das ist doch viel zu groß.«

Die Kugel, ganz erstaunt, meint da: »Das beißt sie doch klein.«

Wo er recht hat, hat er recht.

Leider nützt mir das nix. Ich bekomme keinen Nachschlag.

Kindermund

Sonntag. Sonntag sind oft andere Leute in Hopen. Manche mit Stöcken. Manche nur so. Manche mit Kindern. Und einige mehr mit Hunden. Ich kann dann ganz viele begrüßen. Mache ich auch eifrig. Und die Menschlein freuen sich.

Auf einmal ein Gewusel an einer Sternkreuzung der Waldwege.

Hundis stürmen aus allen Ecken. Kurze Begrüßung. Mir wird das zu viel. Ich schnüffel ein wenig abseits. Und die Menschen sortieren sich.

Eine Oma steht da mit vier Beinen. Krücken sagt man wohl dazu. Und der kleine Enkel zeigt in meine Richtung: »Oma, Oma! Habe ich den runden Hund schon mal gesehen? Kenne ich den?«

Meint der etwa mich! Runder Hund? Ich bin doch Mops Emelie.

Und rundherum ein Grinsen in den Gesichtern.

Und Frauchen: »Stimmt! Genau auf den Punkt gebracht. Müssen wir zuhause sofort notieren.«

Mähroboter
Hier ist vielleicht was los. Nicht nur vielleicht. Sondern bestimmt. Und hier bei mir, wo mein Frauchen bei mir wohnen darf.

Männer kommen und packen einen Riesenkarton aus. Viele Teile kommen zum Vorschein, werden ausgebreitet. Und die Männer schauen lange, lange in Papiere. Studieren und diskutieren. Trinken Kaffee und kratzen sich am Kopf. Endlich tut sich was. Sie graben und kriechen auf dem Rasen lang. Und ich immer hinterher. Muss alles kontrollieren. In die Rille legen sie ein Kabel. Das geht rund um den Rasen. Danach fummeln sie an der Steckdose und einer Ladestation und tun sich wichtig.

Das dauert! Und dauert!

Ich muss zwischendurch ein Nickerchen halten. Ist auch zu heiß in der Sonne.

Oh, es tut sich wieder was!

Ein schwarz-orangefarbenes Gerät mit Rollen drunter wird programmiert. Und dann zuckelt das doch tatsächlich über meinen Rasen!

Nein, das gibt es nicht.

Erst laufe ich hinter dem lahmen Ding noch her. Versuche ihm klarzumachen: Das ist mein Rasen.

Aber der hört nicht auf mich. Also andere Taktik anwenden. Ich setze mich stumpf mitten auf die Fläche und drehe ihm den Rücken zu. Einfach ignorieren! Rums, stößt der mich an.

Platz da!

Ich mache empört einen Hopser beiseite. Ein paar Mal geht das so. Blödes Spiel! Die Klügere gibt nach und ich verschwinde in meinem Körbchen.

Den ganzen Sommer über fährt nun das Ding über den Rasen und schnipselt Gras. Ich bewache meinen Rasen und lasse mich schubsen.

Frauchen lacht und sagt: »Wir haben jetzt ein Schaf. Und wie macht das Schaf? Mäh!«

Seitdem heißt unser Roboter »Mäh«.

Heimtrainer
Was wird das denn jetzt!

Frauchen begutachtet ihren Crosstrainer und meint seufzend: »Ich muss was für die Gesundheit tun. Wenn wir schon keinen Gang bei dem Dauerregen machen.«

Hm, darauf habe ich sie noch nie gesehen. Jedenfalls nicht bewusst. Vielleicht pennte ich da gerade.

Sie also drauf auf den Sattel. Und es geht los. Sie tritt in die Pedalen. Und tritt und tritt.

Warum kommt sie nicht von der Stelle?

Mir wird schon ganz schwindlig. Ich sitze daneben und mein Kopf geht mit der Pedale in die Runde.

Aufhören!

Sie tritt einfach weiter. Sagt: »Ich will wenigstens drei Kilometer schaffen.«

Wie das denn? Sie kommt doch gar nicht von der Stelle.

Ich muss das alles beenden. Womöglich schießt sie noch durch das Fenster.

Nichts wie ran! Und ich versuche in die Pedale zu beißen und Frauchen anzuhalten.

Mein energischer Versuch klappt nicht. Frauchen hat aber Einsehen und steigt endlich ab. Schwer pustend.

Und ich total erleichtert, nichts passiert außer Drehwurm in meinem Kopf!

Schönstes Mopsmädchen in Stadt und Land
als Fräulein Emelie bekannt

Was man so über mich sagt

Frauchen meint, ich sei *ein Schmunzelhund*. Die meisten Leute fangen an zu lächeln, kriegen gute Laune, wenn sie mich erblicken, und freuen sich und wollen mich mal anfassen.

Und dann Verwunderung: »Was hast du für ein weiches Fell!«

Nun ja, wenn man mich durch die Lesebrille betrachtet, sieht man viele schwarze Härchen wie abgemessen eingepflanzt. Deshalb sehe ich im Fell etwas strohig aus. Überraschung!

Und zu meiner Figur!
Oh, welch nette Bezeichnungen!

Knubbel! Was bist du für ein süßer Knubbel, freut sich ein Herr am Dümmer.

Bist du ein chinesischer Faltenhund, fragt eine Holländerin in Bramsche/Igel's Dahlienschau (2008).

Am Mops ist alles rund!
Das ist es doch. Besser kann man mich nicht beschreiben.

Wenn ich meine drolligen fünf Minuten habe, düse ich immer etliche Runden im Kreis.
Wir treffen einige Kinder. Ein Junge sagt auf einmal: *Emelie läuft Ferrari!*

Rehäuglein!
O ja, das gefällt mir gut. Ich habe nämlich schöne braune Augen und keine dunklen Löcher. Und wenn ich damit so lieb schaue, schmelzen alle dahin.

Ist der lieb! Er macht sogar Plätzchen, ohne dass man es sagt, meint ein kleines Mädchen.

Emelie, du weißt auch nicht, warum du ein Hund geworden bist. Du verhältst dich gar nicht so, meint ein Frauchen.

Und was ich alles kann!
Nämlich die *Ohren zukneifen,* wenn man darin herumstochern will.
Und auch die *Nasenlöcher,* wenn ich nach oben schaue. Könnte ja was reinfallen.

Schlusswort

Mein Dank gilt allen, die mich ermutigt haben, einem kontaktfreudigen Hund ein liebevolles Zuhause zu geben
   Dank auch denen, die mir unerfahrenem Frauchen mit Rat und Tat bei der Erziehung und Pflege beistanden.

Allen Schicksalsgenossen, die auf einmal alleine dastehen, kann ich nur empfehlen:

Traut euch! Man schafft alles!

Ich bin noch nie so oft ins Gespräch mit fremden Leuten gekommen, seit ich mit Emelie unterwegs bin.

Renate Wiebke